Fast dreißig Jahre liegen zwischen dem ersten Plan und der Ausführung der *Novelle*, und wenn Goethe darin den Herbst als die Jahreszeit bezeichnet, in der es darauf ankomme, »daß man mehr empfange als gebe«, so gilt das Umgekehrte für diese kurze Erzählung, die das lebenslang Empfangene konzentriert und gereift an den Leser weitergibt.

Die Geschichte von dem bei einem Stadtbrand entwichenen Löwen, der durch den Gesang eines Knaben besänftigt wird, ist schnell skizziert, aber sie bildet nur den äußeren Rahmen für ein kompliziertes Beziehungsgeflecht von Erzählzügen, das sich bei näherem Hinsehen als ebenso rätselhaft wie durchdacht erweist. Warum zum Beispiel verschwindet das Personal nach und nach aus dem Blickfeld und lässt den Leser allein mit dem Kind und dem Löwen zurück, die erst gegen Ende des Textes in Erscheinung treten?

Das Nachwort und die beigegebenen Stellen aus Goethes Œuvre laden ein zu einer Lektüre zwischen den Zeilen und legen den Grundstein für eine Neuinterpretation dieses klassischen Textes.

insel taschenbuch 2625

Goethe

Novelle

GOETHE
NOVELLE

Mit Texten aus dem Umkreis
und einem Nachwort
herausgegeben von Peter Höfle

Insel Verlag

insel taschenbuch 2625
Originalausgabe
Erste Auflage 2000

Vertrieb durch den Suhrkamp Taschenbuch Verlag
Umschlag nach Entwürfen von Willy Fleckhaus
Satz: Hümmer GmbH, Waldbüttelbrunn
Druck: Nomos Verlagsgesellschaft, Baden-Baden
Printed in Germany

1 2 3 4 5 6 – 05 04 03 02 01 00

INHALT

NOVELLE

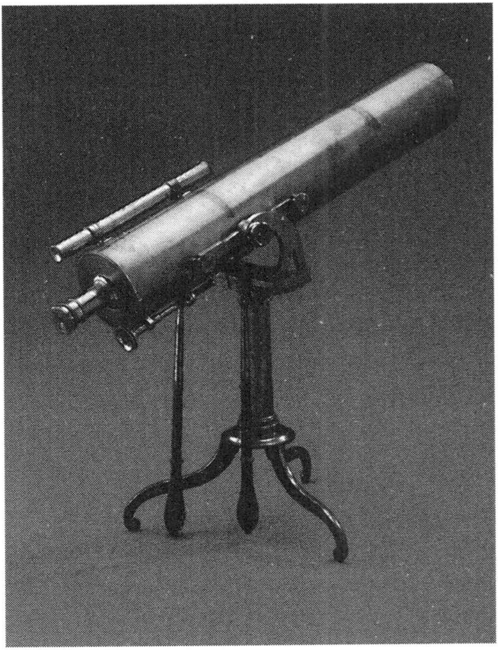

Ein dichter Herbstnebel verhüllte noch in der Frühe die weiten Räume des fürstlichen Schloßhofes, als man schon mehr oder weniger durch den sich lichtenden Schleier die ganze Jägerei zu Pferde und zu Fuß durch einander bewegt sah. Die eiligen Beschäftigungen der nächsten ließen sich erkennen, man verlängerte, man verkürzte die Steigbügel, man reichte sich Büchse und Patrontäschchen, man schob die Dachsranzen zurecht, indes die Hunde ungeduldig am Riemen den Zurückhaltenden mit fortzuschleppen drohten. Auch hie und da gebärdete ein Pferd sich mutiger, von feuriger Natur getrieben oder von dem Sporn des Reiters angeregt, der selbst hier in der Halbhelle eine gewisse Eitelkeit sich zu zeigen nicht verleugnen konnte. Alle jedoch warteten auf den Fürsten, der von seiner jungen Gemahlin Abschied nehmend allzulange zauderte.

Erst vor kurzer Zeit zusammen-getraut empfanden sie schon das Glück übereinstimmender Gemüter, beide waren von tätig lebhaftem Charakter, eines nahm gern an des andern Neigungen und Bestrebungen Anteil. Des Fürsten Vater hatte noch den Zeitpunkt erlebt und genutzt, wo es deutlich wurde daß alle Staatsglieder in gleicher Betriebsamkeit ihre Tage zubringen, in gleichem Wirken und Schaffen, jeder nach seiner Art, erst gewinnen und dann genießen sollte.

Wie sehr dieses gelungen war ließ sich in diesen Tagen gewahr werden, als eben der Hauptmarkt sich versammelte, den man gar wohl eine Messe nennen konnte.

Der Fürst hatte seine Gemahlin gestern durch das Gewimmel der aufgehäuften Waren zu Pferde geführt und sie bemerken lassen, wie gerade hier das Gebirgsland mit dem flachen Lande einen glücklichen Umtausch treffe; er wußte sie an Ort und Stelle auf die Betriebsamkeit seines Länderkreises aufmerksam zu machen.

Wenn sich nun der Fürst fast ausschließlich in diesen Tagen mit den Seinigen über diese zudringenden Gegenstände unterhielt, auch besonders mit dem Finanzminister anhaltend arbeitete, so behielt doch auch der Landjägermeister sein Recht, auf dessen Vorstellung es unmöglich war, der Versuchung zu widerstehen, an diesen günstigen Herbsttagen eine schon verschobene Jagd zu unternehmen, sich selbst und den vielen angekommenen Fremden ein eignes und seltnes Fest zu eröffnen.

Die Fürstin blieb ungern zurück; man hatte sich vorgenommen, weit in das Gebirg hineinzudringen, um die friedlichen Bewohner der dortigen Wälder durch einen unerwarteten Kriegszug zu beunruhigen.

Scheidend versäumte der Gemahl nicht einen Spazierritt vorzuschlagen, den sie im Geleit Friedrichs des Fürstlichen Oheims unternehmen sollte: auch lasse ich, sagte er, dir unsern Honorio, als Stall- und Hofjunker, der für alles sorgen wird; und in Gefolg dieser Worte gab er im Hinabsteigen einem wohlgebildeten jungen Mann die nötigen Aufträge, verschwand sodann bald mit Gästen und Gefolge.

Die Fürstin, die ihrem Gemahl noch in den Schloßhof hinab mit dem Schnupftuch nachgewinkt hatte, begab sich in die hinteren Zimmer, welche nach dem Gebirg eine freie Aussicht ließen, die um desto schöner war als das Schloß selbst von dem Flusse herauf in einiger Höhe stand und so vor- als hinterwärts mannigfaltige bedeutende Ansichten gewährte. Sie fand das treffliche Teleskop noch in der Stellung wo man es gestern Abend gelassen hatte als man, über Busch, Berg und Waldgipfel die hohen Ruinen der uralten Stammburg betrachtend, sich unterhielt, die in der Abendbeleuchtung merkwürdig hervortraten, indem alsdann die größten Licht- und Schattenmassen den deutlichsten Begriff von einem so ansehnlichen Denkmal alter Zeit verleihen konnten. Auch zeigte sich heute früh durch die annähernden Gläser recht auffallend die herbstliche Färbung, jener mannigfaltigen Baumarten, die zwischen dem Gemäuer ungehindert und ungestört durch lange Jahre emporstrebten. Die schöne Dame richtete jedoch das Fernrohr etwas tiefer nach einer öden, steinigen Fläche, über welche der Jagdzug weggehen mußte; sie erharrte den Augenblick mit Geduld und betrog sich nicht: denn bei der Klarheit und Vergrößerungsfähigkeit des Instrumentes, erkannten ihre glänzenden Augen deutlich den Fürsten und den Oberstallmeister; ja sie enthielt sich nicht abermals mit dem Schnupftuche zu winken, als sie ein augenblickliches Stillhalten und Rückblicken mehr vermutete als gewahr ward.

Fürst Oheim, Friedrich mit Namen, trat sodann, angemeldet, mit seinem Zeichner herein, der ein großes Portefeuille unter dem Arm trug. Liebe Cousine, sagte der alte rüstige Herr, hier legen wir die Ansichten der Stammburg vor, gezeichnet um von verschiedenen Seiten anschaulich zu machen, wie der mächtige Trutz- und Schutzbau von alten Zeiten her dem Jahr und seiner Witterung sich entgegen stemmte und wie doch hie und da sein Gemäuer weichen, da und dort in wüste Ruinen zusammenstürzen mußte. Nun haben wir manches getan um diese Wildnis zugänglicher zu machen, denn mehr bedarf es nicht um jeden Wanderer, jeden Besuchenden in Erstaunen zu setzen, zu entzücken.

Indem nun der Fürst die einzelnen Blätter deutete sprach er weiter: Hier, wo man, den Hohlweg durch die äußern Ringmauern heraufkommend, vor die eigentliche Burg gelangt, steigt uns ein Felsen entgegen von den festesten des ganzen Gebirgs; hierauf nun steht gemauert ein Turm, doch niemand wüßte zu sagen wo die Natur aufhört, Kunst und Handwerk aber anfangen. Ferner sieht man seitwärts Mauern angeschlossen und Zwinger terrassenmäßig herab sich erstreckend. Doch ich sage nicht recht, denn es ist eigentlich ein Wald der diesen uralten Gipfel umgibt; seit hundert und funfzig Jahren hat keine Axt hier geklungen und überall sind die mächtigsten Stämme emporgewachsen; wo ihr euch an den Mauern hindrängt stellt sich der glatte Ahorn, die rauhe Eiche, die schlanke Fichte mit Schaft und Wurzeln entgegen, um diese müssen wir uns herumschlängeln und unsere Fußpfade verständig führen. Seht nur wie trefflich unser Meister dies Charakteristische auf dem Papier ausgedrückt hat, wie kenntlich die verschiedenen Stamm- und Wurzelarten zwischen das Mauerwerk verflochten und die mächtigen Äste durch die Lücken durchgeschlungen sind. Es ist eine Wildnis wie keine, ein zufällig-einziges Lokal, wo die alten Spuren längst verschwundener Menschenkraft mit der ewig lebenden und fortwirkenden Natur sich in dem ernstesten Streit erblicken lassen.

Ein anderes Blatt aber vorlegend fuhr er fort: Was sagt Ihr nun zum Schloßhofe, der, durch das Zusammenstürzen des alten Torturmes unzugänglich, seit undenklichen Jahren von niemand betreten ward. Wir suchten ihm von der Seite beizukommen, haben Mauern durchbrochen, Gewölbe gesprengt und so einen bequemen aber geheimen Weg bereitet. Inwendig bedurft' es keines Aufräumens, hier findet sich ein flacher Felsgipfel von der Natur geplättet, aber doch haben mächtige Bäume hie und da zu Wurzeln Glück und Gelegenheit gefunden; sie sind sachte aber entschieden aufgewachsen, nun erstrecken sie ihre Äste bis in die Galerien hinein, auf denen der Ritter sonst auf und ab schritt; ja durch Türen durch und Fenster in die gewölbten Säle, aus denen wir sie nicht vertreiben wollen, sie sind eben Herr geworden und mögens bleiben. Tiefe Blätterschichten wegräumend haben wir den merkwürdigsten

Platz geebnet gefunden, dessen Gleichen in der Welt vielleicht nicht wieder zu sehen ist.

Nach allem diesem aber ist es immer noch bemerkenswert und an Ort und Stelle zu beschauen, daß auf den Stufen die in den Hauptturm hinaufführen ein Ahorn Wurzel geschlagen und sich zu einem so tüchtigen Baume gebildet hat, daß man nur mit Not daran vorbeidringen kann um die Zinne, der unbegrenzten Aussicht wegen, zu besteigen. Aber auch hier verweilt man bequem im Schatten, denn dieser Baum ist es der sich über das Ganze wunderbar hoch in die Luft hebt.

Danken wir also dem wackern Künstler, der uns so löblich in verschiedenen Bildern von allem überzeugt als wenn wir gegenwärtig wären; er hat die schönsten Stunden des Tages und der Jahrszeit dazu angewendet und sich wochenlang um diese Gegenstände herumbewegt. In dieser Ecke ist für ihn und den Wächter den wir ihm zugegeben eine kleine angenehme Wohnung eingerichtet. Sie sollten nicht glauben, meine Beste, welch eine schöne Aus- und Ansicht er ins Land, in Hof und Gemäuer sich dort bereitet hat. Nun aber da alles so rein und charakteristisch umrissen ist, wird er es hier unten mit Bequemlichkeit ausführen. Wir wollen mit diesen Bildern unsern Gartensaal zieren und niemand soll über unsere regelmäßigen Parterre, Lauben und schattigen Gänge, seine Augen spielen lassen, der nicht wünschte sich dort oben in dem wirklichen Anschauen des Alten und Neuen, des Starren, Unnachgiebigen, Unzerstörlichen und des Frischen, Schmiegsamen, Unwiderstehlichen seine Betrachtungen anzustellen.

Honorio trat ein und meldete die Pferde seien vorgeführt, da sagte die Fürstin, zum Oheim gewendet: reiten wir hinauf und lassen Sie mich in der Wirklichkeit sehen was Sie mir hier im Bilde zeigten. Seit ich hier bin hör' ich von diesem Unternehmen und werde jetzt erst recht verlangend mit Augen zu sehen was mir in der Erzählung unmöglich schien und in der Nachbildung unwahrscheinlich bleibt – Noch nicht, meine Liebe, versetzte der Fürst: was Sie hier sahen ist was es werden kann und wird; jetzt stockt noch manches im Beginnen; die Kunst muß erst vollenden, wenn sie sich vor der Natur nicht schämen soll – Und so reiten wir wenigstens hinaufwärts, und wär' es nur bis an den Fuß; ich habe große Lust mich heute weit in der Welt umzusehen. – Ganz nach Ihrem Willen, versetzte der Fürst – Lassen Sie uns aber durch die Stadt reiten, fuhr die Dame fort, über den großen Marktplatz, wo eine zahllose Menge von Buden die Gestalt einer kleinen Stadt, eines Feldlagers angenommen hat. Es ist als wären die Bedürfnisse und Beschäftigungen sämtlicher Familien des Landes umher, nach außen gekehrt, in diesem Mittelpunkt versammelt, an das Tageslicht gebracht worden. Denn hier sieht der aufmerksame Beobachter alles was der Mensch leistet und bedarf, man bildet sich einen Augenblick ein, es sei kein Geld nötig, jedes Geschäft könne hier durch Tausch abgetan werden; und so ist es auch im Grunde. Seitdem der Fürst gestern mir Anlaß zu diesen Übersichten gegeben, ist es mir gar angenehm zu denken, wie hier, wo Gebirg und flaches Land aneinander grenzen, beide so deutlich aussprechen was sie brauchen und was sie wünschen. Wie nun der Hochländer das Holz seiner Wälder in hundert Formen umzubilden weiß, das Eisen zu einem jeden Gebrauch zu vermannigfaltigen, so kommen jene drüben mit den vielfältigsten Waren ihm entgegen, an denen man den Stoff kaum zu unterscheiden und den Zweck oft nicht erkennen mag.

Ich weiß, versetzte der Fürst, daß mein Neffe hierauf die größte Aufmerksamkeit wendet; denn gerade zu dieser Jahrszeit kommt es hauptsächlich darauf an, daß man mehr empfange als gebe; dies zu bewirken ist am Ende die Summe des ganzen Staatshaushaltes, so wie der kleinsten häuslichen Wirtschaft. Verzeihen Sie aber, meine Beste, ich reite niemals gern durch Markt und Messe, bei jedem Schritt ist man gehindert und aufgehalten und dann flammt mir das ungeheure Unglück wieder in die Einbildungskraft, das sich mir gleichsam in die Augen eingebrannt, als ich eine solche Güter- und Warenbreite in Feuer aufgehen sah. Ich hatte mich kaum –

Lassen Sie uns die schönen Stunden nicht versäumen, fiel ihm die Fürstin ein, da der würdige Mann sie schon einigemal mit ausführlicher Beschreibung jenes Unheils geängstigt hatte, wie er sich nämlich, auf einer großen Reise begriffen, Abends im besten Wirtshause auf dem Markte, der eben von einer Hauptmesse wimmelte, höchst ermüdet zu Bette gelegt, und Nachts durch Geschrei und Flammen, die sich gegen seine Wohnung wälzten, gräßlich aufgeweckt worden.

Die Fürstin eilte das Lieblingspferd zu besteigen, und führte, statt zum Hintertore bergauf, zum Vordertore bergunter ihren widerwillig-bereiten Begleiter; denn wer wäre nicht gern an ihrer Seite geritten, wer wäre ihr nicht gern gefolgt. Und so war auch Honorio von der sonst so ersehnten Jagd willig zurückgeblieben, um ihr ausschließlich dienstbar zu sein.

Wie voraus zu sehen durften sie auf dem Markte nur Schritt vor Schritt reiten; aber die schöne Liebenswürdige erheiterte jeden Aufenthalt durch eine geistreiche Bemerkung. Ich wiederhole, sagte sie, meine gestrige Lektion, da denn doch die Notwendigkeit unsere Geduld prüfen will. Und wirklich drängte sich die ganze Menschenmasse dergestalt an die Reitenden heran, daß sie ihren Weg nur langsam fortsetzen konnten. Das Volk schaute mit Freuden die junge Dame und auf so viel lächelnden Gesichtern zeigte sich das entschiedene Behagen, zu sehen, daß die erste Frau im Lande auch die schönste und anmutigste sei.

Untereinander gemischt standen Bergbewohner, die zwischen Felsen, Fichten und Föhren ihre stillen Wohnsitze hegten, Flachländer von Hügeln, Auen und Wiesen her, Gewerbsleute der kleinen Städte und was sich alles versammelt hatte. Nach einem ruhigen Überblick bemerkte die Fürstin ihrem Begleiter, wie alle diese, woher sie auch seien, mehr Stoff als nötig zu ihren Kleidern genommen, mehr Tuch und Leinwand, mehr Band zum Besatz. Ist es doch als ob die Weiber nicht brauschig und die Männer nicht pauschig genug sich gefallen könnten.

Wir wollen ihnen das ja lassen, versetzte der Oheim, wo auch der Mensch seinen Überfluß hinwendet, ihm ist wohl dabei, am wohlsten wenn er sich damit schmückt und aufputzt. Die schöne Dame winkte Beifall.

So waren sie nach und nach auf einen freien Platz gelangt, der zur Vorstadt hinführte, wo am Ende vieler kleiner Buden und Kramstände ein größeres Brettergebäude in die Augen fiel, das sie kaum erblickten als ein ohrzerreißendes Gebrülle ihnen entgegen tönte. Die Fütterungsstunde der dort zur Schau stehenden wilden Tiere schien herangekommen; der Löwe ließ seine Wald- und Wüstenstimme aufs kräftigste hören, die Pferde schauderten und man konnte der Bemerkung nicht entgehen, wie in dem friedlichen Wesen und Wirken der gebildeten Welt der König der Einöde sich so furchtbar verkündige. Zur Bude näher gelangt durften sie die bunten kolossalen Gemälde nicht übersehen, die mit heftigen Farben und kräftigen Bildern jene fremden Tiere darstellten, welche der friedliche Staatsbürger zu schauen unüberwindliche Lust empfinden sollte. Der grimmig ungeheure Tiger sprang auf einen Mohren los, im Begriff ihn zu zerreißen; ein Löwe stand ernsthaft majestätisch, als wenn er keine Beute seiner würdig vor sich sähe; andere wunderliche bunte Geschöpfe verdienten neben diesen mächtigen weniger Aufmerksamkeit.

Wir wollen, sagte die Fürstin bei unserer Rückkehr doch absteigen und die seltenen Gäste näher betrachten – Es ist wunderbar, versetzte der Fürst, daß der Mensch durch Schreckliches immer aufgeregt sein will. Drinnen liegt der Tiger ganz ruhig in seinem Kerker, und hier muß er grimmig auf einen Mohren losfahren, damit man glaube dergleichen inwendig ebenfalls zu sehen; es ist an Mord und Todschlag noch nicht genug, an Brand und Untergang, die Bänkelsänger müssen es an jeder Ecke wiederholen. Die guten Menschen wollen eingeschüchtert sein, um hinterdrein erst recht zu fühlen wie schön und löblich es sei frei Atem zu holen.

Was denn aber auch bängliches von solchen Schreckensbildern mochte übrig geblieben sein, alles und jedes war sogleich ausgelöscht, als man, zum Tore hinausgelangt, in die heiterste Gegend eintrat. Der Weg führte zuerst am Flusse hinan, einem zwar noch schmalen, nur leichte Kähne tragenden Wasser, das aber nach und nach als größter Strom seinen Namen behalten und ferne Länder beleben sollte. Dann ging es weiter durch wohlversorgte Frucht- und Lustgärten sachte hinaufwärts, und man sah sich nach und nach in der aufgetanen wohlbewohnten Gegend um, bis erst ein Busch, sodann ein Wäldchen die Gesellschaft aufnahm, und die anmutigsten Örtlichkeiten ihren Blick begrenzten und erquickten. Ein aufwärts leitendes Wiesental, erst vor kurzem zum zweitenmale gemäht, sammetähnlich anzusehen, von einer oberwärts, lebhaft auf einmal reich entspringenden Quelle gewässert, empfing sie freundlich und so zogen sie einem höheren, freieren Standpunkt entgegen, den sie, aus dem Walde sich bewegend, nach einem lebhaften Stieg erreichten, alsdann aber vor sich noch in bedeutender Entfernung über neuen Baumgruppen das alte Schloß, den Zielpunkt ihrer Wallfahrt, als Fels- und Waldgipfel hervorragen sahen. Rückwärts aber – denn niemals gelangte man hierher ohne sich umzukehren – erblickten sie durch zufällige Lücken der hohen Bäume, das fürstliche Schloß links, von der Morgensonne beleuchtet, den wohlgebauten höhern Teil der Stadt von leichten Rauchwolken gedämpft, und sofort nach der rechten zu die untere Stadt, den Fluß in einigen Krümmungen, mit seinen Wiesen und Mühlen; gegenüber eine weite nahrhafte Gegend.

Nachdem sie sich an dem Anblick ersättigt, oder vielmehr, wie es uns bei dem Umblick auf so hoher Stelle zu geschehen pflegt, erst recht verlangend geworden nach einer weitern, weniger begrenzten Aussicht, ritten sie eine steinichte breite Fläche hinan, wo ihnen die mächtige Ruine als ein grüngekrönter Gipfel entgegen stand, wenig alte Bäume tief unten um seinen Fuß; sie ritten hindurch und so fanden sie sich gerade vor der steilsten unzugänglichsten Seite. Mächtige Felsen standen von

Urzeiten her, jedem Wechsel unangetastet, fest, wohlgegründet voran, und so türmte sich's aufwärts; das dazwischen Herabgestürzte lag in mächtigen Platten und Trümmern unregelmäßig übereinander und schien dem Kühnsten jeden Angriff zu verbieten. Aber das Steile, Jähe scheint der Jugend zuzusagen; dies zu unternehmen, zu erstürmen, zu erobern ist jungen Gliedern ein Genuß. Die Fürstin bezeigte Neigung zu einem Versuch, Honorio war bei der Hand, der fürstliche Oheim, wenn schon bequemer; ließ sich's gefallen und wollte sich doch auch nicht unkräftig zeigen; die Pferde sollten am Fuß unter den Bäumen halten, und man wollte bis zu einem gewissen Punkte gelangen, wo ein vorstehender mächtiger Fels einen Flächenraum darbot, von wo man eine Aussicht hatte, die zwar schon in den Blick des Vogels überging aber sich doch noch malerisch genug hinter einander schob.

Die Sonne, beinahe auf ihrer höchsten Stelle, verlieh die klarste Beleuchtung, das fürstliche Schloß mit seinen Teilen, Hauptgebäuden, Flügeln, Kuppeln und Türmen erschien gar stattlich; die obere Stadt in ihrer völligen Ausdehnung, auch in die untere konnte man bequem hineinsehen, ja durch das Fernrohr auf dem Markte sogar die Buden unterscheiden. Honorio war immer gewohnt ein so förderliches Werkzeug überzuschnallen; man schaute den Fluß hinauf und hinab, diesseits das bergartig terrassenweis unterbrochene, jenseits das aufgleitende flache und in mäßigen Hügeln abwechselnde fruchtbare

Land; Ortschaften unzählige; denn es war längst herkömmlich über die Zahl zu streiten wie viel man deren von hier oben gewahr werde.

Über die große Weite lag eine heitere Stille, wie es am Mittag zu sein pflegt, wo die Alten sagten, der Pan schlafe, und alle Natur halte den Atem an, um ihn nicht aufzuwecken.

Es ist nicht das erstemal, sagte die Fürstin, daß ich auf so hoher weitumschauender Stelle die Betrachtung mache, wie doch die klare Natur so reinlich und friedlich aussieht, und den Eindruck verleiht als wenn garnichts Widerwärtiges in der Welt sein könne; und wenn man dann wieder in die Menschenwohnung zurückkehrt, sie sei hoch oder niedrig, weit oder eng, so gibts immer etwas zu kämpfen, zu streiten, zu schlichten und zurecht zu legen.

Honorio, der indessen durch das Sehrohr nach der Stadt geschaut hatte, rief: Seht hin! Seht hin! auf dem Markte fängt es an zu brennen. Sie sahen hin und bemerkten wenigen Rauch, die Flamme dämpfte der Tag. Das Feuer greift weiter um sich! rief man, immer durch die Gläser schauend; auch wurde das Unheil den guten unbewaffneten Augen der Fürstin bemerklich; von Zeit zu Zeit erkannte man eine rote Flammenglut, der Dampf stieg empor und Fürst Oheim sprach: Laßt uns zurückkehren! das ist nicht gut; ich fürchtete immer das Unglück zum zweitenmale zu erleben. Als sie, herabgekommen, den Pferden wieder zugingen, sagte die

Fürstin zu dem alten Herrn: reiten Sie hinein, eilig, aber nicht ohne den Reitknecht, lassen Sie mir Honorio, wir folgen sogleich. Der Oheim fühlte das Vernünftige, ja das Notwendige dieser Worte und ritt, so eilig als der Boden erlaubte, den wüsten steinigen Hang hinunter.

Als die Fürstin aufsaß, sagte Honorio, reiten Ew: Durchlaucht, ich bitte, langsam! in der Stadt wie auf dem Schloß sind die Feueranstalten in bester Ordnung, man wird sich durch einen so unerwartet außerordentlichen Fall nicht irre machen lassen. Hier aber ist ein böser Boden, kleine Steine und kurzes Gras, schnelles Reiten ist unsicher; ohnehin, bis wir hineinkommen, wird das Feuer schon nieder sein. Die Fürstin glaubte nicht daran, sie sah den Rauch sich verbreiten, sie glaubte einen aufflammenden Blitz gesehen, ein Schlag gehört zu haben und nun bewegten sich in ihrer Einbildungskraft alle die Schreckbilder welche des trefflichen Oheims wiederholte Erzählung von dem erlebten Jahrmarkts-Brande leider nur zu tief eingesenkt hatte.

Fürchterlich wohl war jener Fall, überraschend und eindringlich genug, um zeitlebens eine Ahnung und Vorstellung wiederkehrenden Unglücks ängstlich zurückzulassen, als zur Nachtzeit auf dem großen budenreichen Marktraum ein plötzlicher Brand Laden auf Laden ergriffen hatte, ehe noch die in und an diesen leichten Hütten Schlafenden aus tiefen Träumen geschüttelt wurden; der Fürst selbst als ein ermüdet angelangter erst eingeschlafener Fremder ans Fenster sprang, alles fürchterlich erleuchtet sah, Flamme nach Flamme, rechts und links sich überspringend, ihm entgegen züngelte. Die Häuser des Marktes, vom Widerschein gerötet, schienen schon zu glühen, drohend sich jeden Augenblick zu entzünden und in Flammen aufzuschlagen; unten wütete das Element unaufhaltsam, die Bretter prasselten, die Latten knackten, Leinwand flog auf und ihre düstern an den Enden flammend ausgezackten Fetzen trieben in der Höhe sich umher, als wenn die bösen Geister in ihrem Elemente um und um gestaltet sich, mutwillig tanzend, verzehren und da und dort aus den Gluten wieder auftauchen wollten. Dann aber mit kreischendem Geheul rettete jeder was zur Hand lag; Diener und Knechte mit den Herren bemühten sich von Flammen ergriffene Ballen fortzuschleppen, von dem brennenden Gestell noch einiges wegzureißen um es in die Kiste zu packen, die sie denn doch zuletzt den eilenden Flammen zum Raube lassen mußten. Wie mancher wünschte nur einen Augenblick Stillstand dem heranprasselnden Feuer, nach der Möglichkeit einer Besinnung sich umsehend, und er war mit aller seiner Habe schon ergriffen; an der einen Seite brannte, glühte schon, was an der andern noch in finsterer Nacht stand. Hartnäckige Charaktere, willenstarke Menschen widersetzten sich grimmig dem grimmigen Feinde und retteten manches, mit Verlust ihrer Augenbraunen und Haare. Leider nun erneuerte sich vor dem schönen Geiste der Fürstin der wüste Wirrwar, nun schien der heitere morgendliche Gesichtskreis umnebelt, ihre Augen verdüstert, Wald und Wiese hatten einen wunderbaren bänglichen Anschein.

In das friedliche Tal einreitend, seiner labenden Kühle nicht achtend, waren sie kaum einige Schritte von der lebhaften Quelle des nahen fließenden Baches herab, als die Fürstin ganz unten im Gebüsche des Wiesentals etwas seltsames erblickte, das sie alsobald für den Tiger erkannte; heranspringend, wie sie ihn vor kurzem gemalt gesehen, kam er entgegen; und dieses Bild zu den furchtbaren Bildern die sie so eben beschäftigten machte den wundersamsten Eindruck. Flieht! gnädige Frau, rief Honorio, flieht! Sie wandte das Pferd um, dem steilen Berg zu wo sie herabgekommen waren. Der Jüngling aber, dem Untier entgegen, zog die Pistole und schoß, als er sich nahe genug glaubte; leider jedoch war gefehlt, der Tiger sprang seitwärts, das Pferd stutzte, das ergrimmte Tier aber verfolgte seinen Weg, aufwärts unmittelbar der Fürstin nach. Sie sprengte was das Pferd vermochte die steile, steinige Strecke hinan, kaum fürchtend, daß ein zartes Geschöpf, solcher Anstrengung ungewohnt, sie nicht aushalten werde. Es übernahm sich, von der bedrängten Reiterin angeregt, stieß am kleinen Gerölle des Hanges an und wieder an, und stürzte zuletzt nach heftigem Bestreben kraftlos zu Boden. Die schöne Dame, entschlossen und gewandt, verfehlte nicht sich strack auf ihre Füße zu stellen, auch das Pferd richtete sich auf, aber der Tiger nahte schon, obgleich nicht mit heftiger Schnelle; der ungleiche Boden, die scharfen Steine schienen seinen Antrieb zu hindern und nur daß Honorio unmittelbar hinter ihm herflog, neben ihm gemäßigt heraufritt, schien seine Kraft aufs neue anzuspornen und zu reizen. Beide Renner erreichten zugleich den Ort wo die Fürstin am Pferde stand, der Ritter beugte sich herab, schoß und traf mit der zweiten Pistole das Ungeheuer durch den Kopf, daß es sogleich niederstürzte, und ausgestreckt in seiner Länge erst recht die Macht und Furchtbarkeit sehen ließ, von der nur noch das Körperliche übrig geblieben da lag. Honorio war vom Pferde gesprungen und kniete schon auf dem Tiere, dämpfte seine letzten Bewegungen und hielt den gezogenen Hirschfänger in der rechten Hand. Der Jüngling war schön, er war herangesprengt, wie ihn die Fürstin oft im Lanzen- und Ringelspiel gesehen hatte. Eben so traf in der Reitbahn seine Kugel im Vorbeisprengen den Türkenkopf auf dem Pfahl, gerade unter dem Turban in die Stirne, eben so spießte er, flüchtig heransprengend, mit dem blanken Säbel das Mohrenhaupt vom Boden auf. In allen solchen Künsten war er gewandt und glücklich, hier kam beides zu statten.

Gebt ihm den Rest, sagte die Fürstin, ich fürchte er beschädigt Euch noch mit den Krallen. – Verzeiht! erwiderte der Jüngling, er ist schon tot genug, und ich mag das Fell nicht verderben, das nächsten Winter auf Eurem Schlitten glänzen soll. – Frevelt nicht! sagte die Fürstin; alles was von Frömmigkeit im tiefen Herzen wohnt, entfaltet sich in solchem Augenblick. – Auch ich, rief Honorio, war nicht frömmer als jetzt eben, deshalb aber denke ich an's freudigste, ich blicke dieses Fell nur an wie es Euch zur Lust begleiten kann. – Es würde mich immer an diesen schrecklichen Augenblick erinnern, versetzte sie. – Ist es doch, erwiderte der Jüngling mit glühender Wange, ein unschuldigres Triumphzeichen, als wenn die Waffen erschlagener Feinde vor dem Sieger her zur Schau getragen wurden – Ich werde mich an Eure Kühnheit und Gewandtheit dabei erinnern, und darf nicht hinzusetzen, daß Ihr auf meinen Dank und auf die Gnade des Fürsten lebenslänglich rechnen könnt. Aber steht auf; schon ist kein Leben mehr im Tiere, bedenken wir das Weitere; vor allen Dingen steht auf! – Da ich nun einmal knie, versetzte der Jüngling, da ich mich in einer Stellung befinde, die mir auf jede andere Weise untersagt wäre, so laßt mich bitten von der Gunst, von der Gnade die ihr mir zuwendet, in diesem Augenblick versichert zu werden. Ich habe schon so oft Euren hohen Gemahl gebeten um Urlaub und Vergünstigung einer weitern Reise. Wer das Glück hat an Eurer Tafel zu sitzen, wen Ihr beehrt Eure Gesellschaft unterhalten zu dürfen, der muß die Welt gesehen haben. Reisende strömen von allen Orten her, und wenn von einer Stadt, von einem wichtigen Punkte irgend eines Weltteils gesprochen wird, ergeht an den Eurigen jedesmal die Frage, ob er daselbst gewesen sei. Niemanden traut man Verstand zu, als wer das alles gesehen hat; es ist als wenn man sich nur für andere zu unterrichten hätte.

Steht auf! wiederholte die Fürstin, ich möchte nicht gern gegen die Überzeugung meines Gemahls irgend etwas wünschen und bitten; allein wenn ich nicht irre, so ist die Ursache warum er Euch bisher zurückhielt bald gehoben. Seine Absicht war, Euch zum selbständigen Edelmann herangereift zu sehen, der sich und ihm auch auswärts Ehre machte, wie bisher am Hofe, und ich dächte Eure Tat wäre ein so empfehlender Reisepaß als ein junger Mann nur in die Welt mitnehmen kann.

Daß anstatt einer jugendlichen Freude eine gewisse Trauer über sein Gesicht zog, hatte die Fürstin nicht Zeit zu bemerken, noch er seiner Empfindung Raum zu geben, denn hastig den Berg herauf, einen Knaben an der Hand, kam eine Frau, geradezu auf die Gruppe los, die wir kennen, und kaum war Honorio sich besinnend aufgestanden, als sie sich heulend und schreiend über den Leichnam her warf, und an dieser Handlung, so wie an einer, obgleich reinlich anständigen, doch bunten und seltsamen Kleidung sogleich erraten ließ, sie sei die Meisterin und Wärterin dieses dahingestreckten Geschöpfes, wie denn der schwarzaugige, schwarzlockige Knabe, der eine Flöte in der Hand hielt, gleich der Mutter weinend, weniger heftig, aber tief gerührt, neben ihr kniete.

Den gewaltsamen Ausbrüchen der Leidenschaft dieses unglücklichen Weibes folgte, zwar unterbrochen stoßweise, ein Strom von Worten, wie ein Bach sich in Absätzen von Felsen zu Felsen stürzt. Eine natürliche Sprache, kurz und abgebrochen, machte sich eindringlich und rührend; vergebens würde man sie in unsern Mundarten übersetzen wollen, den ohngefähren Inhalt dürfen wir nicht verhehlen. Sie haben Dich ermordet, armes Tier! ermordet ohne Not! Du warst zahm und hättest Dich gern ruhig niedergelassen und auf uns gewartet; denn Deine Fußballen schmerzten Dich, und Deine Krallen hatten keine Kraft mehr! Die heiße Sonne fehlte Dir, sie zu reifen. Du warst der Schönste Deines Gleichen; wer hat je einen königlichen Tiger so herrlich ausgestreckt im Schlafe gesehen, wie Du nun hier liegst, tot um nicht wieder aufzustehen. Wenn Du des Morgens aufwachtest beim frühen Tagschein und den Rachen aufsperrtest, ausstreckend die rote Zunge, so schienst Du uns zu lächeln, und, wenn schon brüllend, nahmst Du doch spielend Dein Futter aus den Händen einer Frau, von den Fingern eines Kindes! Wie lange begleiteten wir Dich auf Deinen Fahrten, wie lange war Deine Gesellschaft uns wichtig und fruchtbar! Uns! uns, ganz eigentlich kam die Speise von den Fressern, und süße Labung von den Starken. So wird es nicht mehr sein! Wehe wehe!

Sie hatte nicht ausgeklagt, als über die mittlere Höhe des Bergs am Schlosse herab Reiter heransprengten, die alsobald für das Jagdgefolge des Fürsten erkannt wurden, er selbst voran. Sie hatten, in den hintern Gebirgen jagend, die Brandwolken aufsteigen sehen und durch Täler und Schluchten, wie auf gewaltsam hetzender Jagd, den geraden Weg nach diesem traurigen Zeichen genommen. Über die steinige Blöße einhersprengend stutzten und starrten sie, nun die unerwartete Gruppe gewahr werdend, die sich auf der leeren Fläche merkwürdig auszeichnete. Nach dem ersten Erkennen verstummte man, und nach einigem Erholen ward, was der Anblick nicht selbst ergab, mit wenigen Worten erläutert. So stand der Fürst vor dem seltsamen unerhörten Ereignis, einen Kreis umher von Reitern und Nacheilenden zu Fuße. Unschlüssig war man nicht was zu tun sei; anzuordnen, auszuführen war der Fürst beschäftigt, als ein Mann sich in den Kreis drängte, groß von Gestalt, bunt und wunderlich gekleidet wie Frau und Kind. Und nun gab die Familie zusammen Schmerz und Überraschung zu erkennen. Der Mann aber gefaßt, stand in Ehrfurchtsvoller Entfernung vor dem Fürsten und sagte: Es ist nicht Klagenszeit; ach, mein Herr und mächtiger Jäger, auch der Löwe ist los, auch hier nach dem Gebirg ist er hin, aber schont ihn, habt Barmherzigkeit, daß er nicht umkomme, wie dies gute Tier.

Der Löwe? sagte der Fürst, hast du seine Spur? – Ja Herr! Ein Bauer dort unten, der sich ohne Not auf einen Baum gerettet hatte, wies mich weiter hier links hinauf, aber ich sah den großen Trupp Menschen und Pferde vor mir, neugierig und hülfsbedürftig eilt' ich hierher. »Also, – beorderte der Fürst – muß die Jagd sich auf diese Seite ziehen; ihr ladet Eure Gewehre, geht sachte zu Werk, es ist kein Unglück, wenn ihr ihn in die tiefen

Wälder treibt; aber am Ende, guter Mann, werden wir Euer Geschöpf nicht schonen können; warum wart ihr unvorsichtig genug sie entkommen zu lassen? – Das Feuer brach aus, versetzte jener, wir hielten uns still und gespannt es verbreitete sich schnell aber fern von uns, wir hatten Wasser genug zu unserer Verteidigung, aber ein Pulverschlag flog auf, und warf die Brände bis an uns heran; über uns weg; wir übereilten uns und sind nun unglückliche Leute.

Noch war der Fürst mit Anordnungen beschäftigt, aber einen Augenblick schien alles zu stocken, als oben vom alten Schloß herab, eilig ein Mann heranspringend gesehen ward, den man bald für den angestellten Wächter erkannte, der die Werkstätte des Malers bewachte indem er darin seine Wohnung nahm und die Arbeiter beaufsichtigte. Er kam außer Atem springend, doch hatte er bald mit wenigen Worten angezeigt: oben hinter der höhern Ringmauer habe sich der Löwe im Sonnenschein gelagert, am Fuße einer hundertjährigen Buche, und verhalte sich ganz ruhig. Ärgerlich aber schloß der Mann: warum habe ich gestern meine Büchse in die Stadt getragen um sie ausputzen zu lassen, er wäre nicht wieder aufgestanden, das Fell wäre doch mein gewesen, und ich hätte mich dessen, wie billig, zeitlebens gebrüstet.

Der Fürst, dem seine militärischen Erfahrungen auch hier zu statten kamen, da er sich wohl schon in Fällen gefunden hatte, wo von mehreren Seiten unvermeidliches Übel herandrohte, sagte hierauf: welche Bürgschaft gebt ihr mir, daß wenn wir eures Löwen schonen, er nicht im Lande unter den Meinigen Verderben anrichtet?

Hier diese Frau und dieses Kind, erwiderte der Vater hastig, erbieten sich ihn zu zähmen, ihn ruhig zu erhalten, bis ich den beschlagenen Kasten heraufschaffe, da wir ihn denn unschädlich und unbeschädigt wieder zurückbringen werden.

Der Knabe schien seine Flöte versuchen zu wollen, ein Instrument von der Art, das man sonst die sanfte, süße Flöte zu nennen pflegte, sie war kurz geschnäbelt wie die Pfeifen; wer es verstand wußte die anmutigsten Töne daraus hervorzulocken. Indes hatte der Fürst den Wärtel gefragt, wie der Löwe hinaufgekommen. Dieser aber versetzte: Durch den Hohlweg, der, auf beiden Seiten vermauert, von jeher der einzige Zugang war, und der einzige bleiben soll; zwei Fußpfade die noch hinaufführten haben wir dergestalt entstellt daß niemand als durch jenen ersten engen Anweg, zu dem Zauberschlosse gelangen könne, wozu es Fürst Friedrichs Geist und Geschmack ausbilden will.

Nach einigem Nachdenken, wobei sich der Fürst nach dem Kinde umsah, das immer sanft gleichsam zu präludieren fortgefahren hatte, wendete er sich zu Honorio und sagte: du hast heute viel geleistet, vollende das Tagwerk. Besetze den schmalen Weg, haltet Eure Büchsen bereit, aber schießt nicht eher als bis ihr das Geschöpf nicht sonst zurückscheuchen könnt; allenfalls macht ein Feuer an, vor dem er sich fürchtet wenn er herunter will. Mann und Frau möge für das Übrige stehen. Eilig schickte Honorio sich an die Befehle zu vollführen.

Das Kind verfolgte seine Melodie, die keine war, eine Tonfolge ohne Gesetz, und vielleicht eben deswegen so herzergreifend; die Umstehenden schienen wie bezaubert von der Bewegung einer liederartigen Weise, als der Vater mit anständigem Enthusiasmus zu reden anfing und fortfuhr:

Gott hat dem Fürsten Weisheit gegeben, und zugleich die Erkenntnis, daß alle Gotteswerke weise sind, jedes nach seiner Art. Seht den Felsen wie er fest steht und sich nicht rührt, der Witterung trotzt und dem Sonnenschein, uralte Bäume zieren sein Haupt und so gekrönt schaut er, weit umher; stürzt aber ein Teil herunter, so will es nicht bleiben was es war, es fällt zertrümmert in viele Stücke und bedeckt die Seite des Hanges. Aber auch da wollen sie nicht verharren, mutwillig springen sie tief hinab, der Bach nimmt sie auf, zum Flusse trägt er sie. Nicht widerstehend, nicht widerspenstig-eckig, nein, glatt und abgerundet gewinnen sie schneller ihren Weg und gelangen von Fluß zu Fluß, endlich zum Ozean, wo die Riesen in Scharen daher ziehen und in der Tiefe die Zwerge wimmeln.

Doch wer preis't den Ruhm des Herrn, den die Sterne loben von Ewigkeit zu Ewigkeit! Warum seht ihr aber im Fernen umher? betrachtet hier die Biene, noch spät im

Herbst sammlet sie emsig und baut sich ein Haus, winkel- und waagerecht, als Meister und Geselle; schaut die Ameise da! sie kennt ihren Weg und verliert ihn nicht, sie baut sich eine Wohnung aus Grashalmen, Erdbröslein und Kiefernadeln, sie baut es in die Höhe und wölbet es zu; aber sie hat umsonst gearbeitet, denn das Pferd stampft und scharrt alles auseinander seht hin! es zertritt ihre Balken und zerstreut ihre Planken, ungeduldig schnaubt es und kann nicht rasten; denn der Herr hat das Roß zum Gesellen des Windes gemacht und zum Gefährten des Sturms, daß es den Mann dahin trage wohin er will und die Frau wohin sie begehrt. Aber im Palmenwald trat er auf, der Löwe, ernsten Schrittes durchzog er die Wüste, dort herrscht er über alles Getier und nichts widersteht ihm. Doch der Mensch weiß ihn zu zähmen und das grausamste der Geschöpfe hat Ehrfurcht vor dem Ebenbilde Gottes, wornach auch die Engel gemacht sind, die dem Herrn dienen und seinen Dienern. Denn in der Löwengrube scheute sich Daniel nicht; er blieb fest und getrost und das wilde Brüllen unterbrach nicht seinen frommen Gesang.

Diese mit dem Ausdruck eines natürlichen Enthusiasmus gehaltene Rede begleitete das Kind hie und da mit anmutigen Tönen; als aber der Vater geendigt hatte fing es mit reiner Kehle, heller Stimme und geschickten Läufen zu intonieren an, worauf der Vater die Flöte ergriff, im Einklang sich hören ließ, das Kind aber sang:

Aus den Gruben, hier im Graben,
Hör' ich des Propheten Sang;
Engel schweben ihn zu laben,
Wäre da dem Guten bang?
Löw' und Löwin, hin und wieder,
Schmiegen sich um ihn heran;
Ja, die sanften, frommen Lieder
Haben's ihnen angetan!

Der Vater fuhr fort die Strophe mit der Flöte zu begleiten, die Mutter trat hie und da als zweite Stimme mit ein.

Eindringlich aber ganz besonders war, daß das Kind die Zeilen der Strophe nunmehr zu anderer Ordnung durcheinanderschob, und dadurch wo nicht einen neuen Sinn hervorbrachte, doch das Gefühl in und durch sich selbst aufregend erhöhte.

Engel schweben auf und nieder
Uns in Tönen zu erlaben,
Welch ein himmlischer Gesang:
In den Gruben, in dem Graben
Wäre da dem Kinde bang?
Diese sanften frommen Lieder
Lassen Unglück nicht heran;
Engel schweben hin und wieder
Und so ist es schon getan.

Hierauf mit Kraft und Erhebung begannen alle drei:

Denn der Ewige herrscht auf Erden,
Über Meere herrscht sein Blick;
Löwen sollen Lämmer werden,
Und die Welle schwankt zurück.
Blankes Schwert erstarrt im Hiebe;
Glaub' und Hoffnung sind erfüllt;
Wundertätig ist die Liebe,
Die sich im Gebet enthüllt.

Alles war still, hörte, horchte und nur erst als die Töne verhallten konnte man den Eindruck bemerken und allenfalls beobachten. Alles war wie beschwichtigt; jeder in seiner Art gerührt. Der Fürst, als wenn er erst jetzt das Unheil übersähe das ihn vor Kurzem bedroht hatte, blickte nieder auf seine Gemahlin, die, an ihn gelehnt, sich nicht versagte das gestickte Tüchlein hervorzuziehen und die Augen damit zu bedecken. Es tat ihr wohl die jugendliche Brust von dem Druck erleichtert zu fühlen mit dem die vorhergehenden Minuten sie belastet hatten. Eine vollkommene Stille beherrschte die Menge, man schien die Gefahren vergessen zu haben, unten den Brand und von oben das Erstehen eines bedenklich ruhenden Löwen.

Durch einen Wink, die Pferde näher herbei zu führen, brachte der Fürst zuerst wieder in die Gruppe Bewegung, dann wendete er sich zu dem Weibe und sagte: Ihr glaubt also, daß ihr den entsprungenen Löwen, wo ihr ihn antrefft durch euren Gesang, durch den Gesang dieses Kindes, mit Hülfe dieser Flötentöne beschwichtigen und ihn sodann unschädlich, so wie unbeschädigt in seinen Verschluß wieder zurückbringen könntet? Sie bejahten es, versichernd und beteuernd; der Kastellan wurde ihnen als Wegweiser zugegeben. Nun entfernte der Fürst mit Wenigen sich eiligst, die Fürstin folgte langsamer mit dem übrigen Gefolge; Mutter aber und Sohn stiegen, von dem Wärtel, der sich eines Gewehrs bemächtigt hatte, [begleitet,] steiler gegen den Berg hinan.

Vor dem Eintritt in den Hohlweg, der den Zugang zu dem Schloß eröffnete, fanden sie die Jäger beschäftigt dürres Reisig zu häufen, damit sie auf jeden Fall ein großes Feuer anzünden könnten. – Es ist nicht Not, sagte die Frau, es wird ohne das alles in Güte geschehen.

Weiter hin, auf einem Mauerstücke sitzend, erblickten sie Honorio, seine Doppelbüchse in den Schoß gelegt, auf einem Posten als wie zu jedem Ereignis gefaßt. Aber die Herankommenden schien er kaum zu bemerken, er saß wie in tiefen Gedanken versunken, er sah umher wie zerstreut. Die Frau sprach ihn an mit Bitte, das Feuer nicht anzünden zu lassen, er schien jedoch ihrer Rede wenig Aufmerksamkeit zu schenken; sie redete lebhaft fort und rief: »Schöner junger Mann, du hast meinen Tiger erschlagen, ich fluche Dir nicht, schone meinen Löwen, guter junger Mann, ich segne Dich.

Honorio schaute grad vor sich hin, dorthin wo die Sonne auf ihrer Bahn sich zu senken begann – Du schaust nach Abend, rief die Frau, du tust wohl daran dort gibt's viel zu tun; eile nur, säume nicht, du wirst überwinden. Aber zuerst überwinde dich selbst. Hierauf schien er zu lächeln, die Frau stieg weiter, konnte sich aber nicht enthalten nach dem Zurückbleibenden nochmals umzublicken; eine rötliche Sonne überschien sein Gesicht, sie glaubte nie ein schönern Jüngling gesehen zu haben.

»Wenn Euer Kind, sagte nunmehr der Wärtel, flötend und singend, wie ihr überzeugt seid, den Löwen anlokken und beruhigen kann, so werden wir uns desselben sehr leicht bemeistern, da sich das gewaltige Tier ganz nah an die durchbrochenen Gewölbe hingelagert hat, durch die wir, da das Haupttor verschüttet ist einen Eingang in den Schloßhof gewonnen haben. Lockt ihn das Kind dahinein, so kann ich die Öffnung mit leichter Mühe schließen und der Knabe wenn es ihm gut deucht, durch eine der kleinen Wendeltreppen, die er in der Ecke sieht, dem Tiere entschlüpfen. Wir wollen uns verbergen, aber ich werde mich so stellen, daß meine Kugel jeden Augenblick dem Kinde zu Hülfe kommen kann.

Diese Umstände sind alle nicht nötig, Gott und Kunst, Frömmigkeit und Glück müssen das Beste tun. Es sei, versetzte der Wärtel, aber ich kenne meine Pflichten. Erst führ' ich Euch durch einen beschwerlichen Stieg auf das Gemäuer hinauf, gerade dem Eingang gegenüber den ich erwähnt habe, das Kind mag hinabsteigen, gleichsam in die Arena des Schauspiels und das besänftigte Tier dort hereinlocken. Das geschah; Wärtel und Mutter sahen versteckt von oben herab, wie das Kind die Wendeltreppen hinunter in dem klaren Hofraum sich zeigte, in der düstern Öffnung gegenüber verschwand, aber sogleich seinen Flötenton hören ließ, der sich nach und nach verlor und endlich verstummte. Die Pause war ahnungsvoll genug, den alten mit Gefahr bekannten Jäger beengte der seltene menschliche Fall. Er sagte sich daß er lieber persönlich dem gefährlichen Tiere entgegen ginge; die Mutter jedoch, mit heiterm Gesicht, übergebogen horchend, ließ nicht die mindeste Unruhe bemerken.

Endlich hörte man die Flöte wieder, das Kind trat aus der Höhle hervor mit glänzend befriedigten Augen, der Löwe hinter ihm drein, aber langsam und wie es schien mit einiger Beschwerde. Er zeigte hie und da Lust sich niederzulegen, doch der Knabe führte ihn im Halbkreise durch die wenig entblätterten, buntbelaubten Bäume, bis er sich endlich in den letzten Strahlen der Sonne, die sie durch eine Ruinenlücke hereinsandte, wie verklärt niedersetzte und sein beschwichtigendes Lied abermals begann, dessen Wiederholung wir uns auch nicht entziehen können.

Aus den Gruben, hier im Graben
Hör' ich des Propheten Sang;
Engel schweben ihn zu laben,

Wäre da dem Guten bang?
Löw' und Löwin hin und wieder,
Schmiegen sich um ihn heran;
Ja, die sanften frommen Lieder
Haben's ihnen angetan.

Indessen hatte sich der Löwe ganz knapp an das Kind hingelegt und ihm die schwere rechte Vordertatze auf den Schoß gehoben, die der Knabe fortsingend anmutig streichelte, aber gar bald bemerkte, daß ein scharfer Dornzweig zwischen die Ballen eingestochen war. Sorgfältig zog er die verletzende Spitze hervor, nahm lächelnd sein buntseidenes Halstuch vom Nacken, und verband die greuliche Tatze des Untiers, so daß die Mutter sich vor Freuden mit ausgestreckten Armen zurückbog und vielleicht angewohnter Weise Beifall gerufen und geklatscht hätte wäre sie nicht durch einen derben Faustgriff des Wärtels erinnert worden daß die Gefahr nicht vorüber sei.

Glorreich sang das Kind weiter, nachdem es mit wenigen Tönen vorgespielt hatte:

Denn der Ewige herrscht auf Erden,
Über Meere herrscht sein Blick;
Löwen sollen Lämmer werden,
Und die Welle schwankt zurück.
Blankes Schwert erstarrt im Hiebe,
Glaub' und Hoffnung sind erfüllt;

Wundertätig ist die Liebe,
Die sich im Gebet enthüllt.

Ist es möglich zu denken, daß man in den Zügen eines so grimmigen Geschöpfes, des Tyrannen der Wälder, des Despoten des Tierreiches einen Ausdruck von Freundlichkeit von dankbarer Zufriedenheit, habe spüren können so geschah es hier, und wirklich sah das Kind in seiner Verklärung aus wie ein mächtiger siegreicher Überwinder, jener zwar nicht wie der Überwundene, denn seine Kraft blieb in ihm verborgen, aber doch wie der Gezähmte, wie der dem eigenen friedlichen Willen anheimgegebene. Das Kind flötete und sang so weiter, nach seiner Art die Zeilen verschränkend und neue hinzufügend:

Und so geht mit guten Kindern
Seliger Engel gern zu Rat,
Böses Wollen zu verhindern,
Zu befördern schöne Tat.
So beschwören, fest zu bannen
Liebem Sohn an's zarte Knie
Ihn des Waldes Hochtyrannen
Frommer Sinn und Melodie.

ANHANG

ANDERE TEXTE AUS DEM UMKREIS UND ZU THEMEN DER ›*NOVELLE*‹

1. DAS »GROSSE SCHEMA« VOM 8. 10. 1826

Kommentierte Wiedergabe. Die Seiten- und Zeilenangaben verweisen auf die entsprechenden Stellen im Text[1] *und auf eine Auswahl nicht schematisierter Passagen, die als »Lücke« gekennzeichnet sind; die Nummerierung, einschließlich der Vertauschung von Ziffer 93-97, geht auf Goethe zurück. Auf die gesonderte Kennzeichnung kleinerer Umstellungen und Überschneidungen wurde verzichtet.*

1 Nebelmorgen *(13,1)*
2 Halb bedeckter Schloßhof. *(13,2-14)*
3 Versammelte Jäger. *(13,4-14)*
4 Halbgesehenes Gewimmel. *(13,5-14)*
5 Des Fürsten Abschied von der Gemahlin. *(13,14-15,2)*
[Lücke: Einschub in Punkt 5 (politisches Programm des Fürsten).]

1 Vgl. hierzu auch die Aufstellung von Christian Wagenknecht, der bei einzelnen Stellen zu einer anderen Zuordnung kommt (Christian Wagenknecht, *Erläuterungen und Dokumente. Johann Wolfgang Goethe. Novelle*, Stuttgart 1994, S. 26-29).

6 Dame allein. *(15,1-28)*

7 Reit=Toilette. *[Fehlt; stattdessen Teleskopszene (15,7-28) innerhalb von Punkt 6, die Punkt 21 vorwegnimmt und ersetzt.]*

8 Anmeldung des Oheims. *(16,1f.)*

9 und des Malers. *(16,2f.)*

10 Zeichnungen des alten Schlosses. *(16,3-19,2) [Punkt 11-18 sind Unterpunkte zu Punkt 10, die im Text nur mehr oder weniger deutlich angetippt und spontan ergänzt werden. Im Schema fehlt allerdings die Innenansicht der Ruine (17,12-18,11).]*

11 Lage im Allgemeinen. *(16,15)*

12 Über den Wald hervorragend. *(16,16f.)*

13 Als Wald. *(16,26-17,11)*

14 Auf mit dem Felsen gebaut. *(16,19f.)*

15 Festestes Gestein. *(16,17f.)*

16 Gestreift. *[Fehlt; ursprünglich wohl als Hinweis auf die »neptunische«, also sedimentäre Herkunft des Gesteins gedacht.]*

17 Ewige Dauer. *(17,9f.)*

18 Durchaus von uralten Bäumen bewachsen. *(16,22-17,11)*

19 Vorsätze des Ausbildens.
[Fehlt; ersetzt durch Friedrichs Lob des Künstlers und seine Betrachtung über den Verwendungszweck der Zeichnungen (18,12-19,2).]

20 Lust dahin zu reiten. *(19,4-17)*
[Lücke: Abwehr dieses Wunsches durch Friedrich; die

Fürstin besteht aber darauf, stattdessen durch die Stadt zu reiten (ersetzt Punkt 23). Gespräch über Ökonomie. Unstimmigkeit hinsichtlich des Jahrmarktbesuchs (19,10-20,18).]

21. Vielleicht die Jagd von weiten zu sehen. *[Fehlt an dieser Stelle; das Motiv ist aber erhalten in der Teleskopszene, die Punkt 7 ersetzt.]*

22 Alfreds Tätigkeit. *(19,3f.)*

23 Sie reiten durch die Stadt. *[Fehlt an dieser Stelle; als Wunsch der Fürstin nach Punkt 20: 19,17f.]*

[Im Text folgen Punkt 29 bis 32.]

24 Durch den Jahrmarkt. *(21,11-22)*

25 Buden, Handel u. Wandel. *(21,23-27)*

[Lücke: Dialog Fürstin/Oheim über die Kleider der Leute (21,27-22,10).]

26. Wilde Tiere. *(22,11-22,22)*

27. Ausgehängte Bilder. *(22,22-23,4)*

28 Vorsatz nachher einzutreten. *(23,5-7)*

[Lücke: Friedrichs Betrachtung über die Bänkelsänger (23,7-16)]

[Punkt 29 bis 32 verschoben vor Punkt 24, dadurch verändert sich der Bezug von Punkt 33 und 34.]

29 Oheim Reminiszenz eines Brandes. *(20,16-22)*

30 Umständlich erzählt. *(20,22) [Genau genommen wird die »umständliche Erzählung« durch die Fürstin verhindert.]*

31 Allgemein referiert. *(20,26-21,3)*

32 Fürstin kennt schon die Geschichte *(20,23-26)*

[Lücke: Fürstin ergreift die Initiative zum Aufbruch; Honorios (Un-)Willigkeit.]

33 Unangenehmer Eindruck *(23,17-19) [Hier auf die Erzählung des Oheims, im Text auf die Kolossalgemälde an der Tierbude (Punkt 28) bezogen.]*

34 Abgeschüttelt. *(23,19f.)*

35 Ins Freie *(23,19f.)*

36 Anmutiger Weg. *(23,20-24)*

37 Gärten *(23,24f.)*

38 Stieg. *(23,5-8)*

39 Gebüsch *(23,27)*

40 Darauf Wald *(23,27f.)*

41 Erste Höhe. *(24,5-8)*

42 Rückblick *(24,11-19)*

43 Schöne Gegend *(24,14-19)*

44 Oberer Teil des alten Schlosses sichtbar aber umnebelt *(24,14-16)*

45 Abwärts *(24,16-19)*

46 Halb von Wald bedeckt. *(24,13)*

47 Neues Schloß. *(24,14)*

48 Oberer Stadtteil *(24,15)*

49 Fluß hie und da. *(24,17f.)*

50 Herrliche Landschaft. *(24,20-23)*

51. Zweite Höhe *(24,28-25,5)*

52 Voller Anblick des alten Schlosses *(24,24f.)*

53 Wunsch eines dortigen Aufenthalts. *(25,5-17)*

[Lücke: Vorausdeutung der Aussicht (25,13-17); Bestimmung der Tageszeit (25,18).]

54 Stadt fast ganz zu ubersehen. *(25,21-23)*
[Lücke: Detailwahrnehmungen durch Honorios Fernrohr (25,23-25).]
55 Land *(25,26-26,3)*
56 Fluß in ganzen Lauf. *(25,26)*
57 Ferne gegenüber. *(25,27-26,1)*
58 Friedlicher Eindruck. *(26,4-7) [Hinweis auf Pan unterbleibt.]*
59 Betrachtung des reinen Überblicks *(26,8-12)*
60 Im Gegensatz des bürgerlichen Wesens. *(26,12-16)*
61 Ein Brand entsteht in der Mitte der Stadt. *(26,17-25)*
62 Auf dem Markte. *(26,19)*
[Lücke: Friedrichs Initiative; Abstieg zu den Pferden (26,25-28).]
63 Oheim mit einem Reitknecht zurück. *(27,1f.)*
64 Fürstin und Alfred allein. *(27,2)*
65 Sie sieht die längst bekannte Beschreibung des Oheims. *(27,16-29,3)*
66 Alfreds Sorge sie zurück zu führen. *(27,6-12)*
67 Tiger aus dem Gebüsch. *(29,4-12)*
68 Flucht der Fürstin. *(29,12-14)*
69 Alfred ihm entgegen. *(29,14f.)*
70 Schießt. *(29,15f.)*
71. Fehlt. *(29,16)*
72 Tiger vorbei. *(29,17)*
73 Der Fürstin nach. *(29,18)*
74 Vorsprung vor Alfred *(30,3-6)*

75 Verfolgung. *(29,19)*
76. Tiger redardiert bergauf. *(29,28-30,5)*
77 Fürstin stürzt. *(29,25)*
78 Erhebt sich. *(29,26f.)*
79 Steht neben dem Pferde. *(30,6)*
80 Tiger heran. *(30,5f.)*
81. Alfred auch *(30,5f.)*
82 Schießt *(30,7)*
83 Der Tiger fällt *(30,7-11)*
84 Alfred vom Pferde. *(30,11)*
85 Bewegung beider. *(30,13f.)*
86 Er kniet auf dem Tiger. *(30,12f.)*
[Lücke: Honorios Qualitäten; Dialog über das Tigerfell (30,14-31,14).]
87 Äußerer Anstand. *(31,14-19)*
88 Zugesagte Gnade. *(31,11f.)*
89 Ausgesprochener Wunsch zu reisen *(31,19-32,2)*
90 Schon oft wiederholt und modiviert. *(31,19f.)*
91 Warum sich entfernen jetzt eben da er so hülfreich geworden. *[Fehlt in dieser Form, stattdessen im Text die Reisepass-Episode (32,3-11) nach Punkt 92.]*
92 Höhere Bildung als Vorwand. *(31,21-32,2/32,12-15; in letzterer Stelle offenbart sich der »Vorwand«])*
96 Ankunft der Frau mit dem Knaben. *(32,15-18)*
97 Jammer *(32,18-33,22)*
93 Die Jagd naht sich. *(33,23-25)*
94 Sie haben den Brand gesehn. *(33,27)*
95 Eilen nach der Stadt. *(33,27-34,2)*

98 Zusammentreffen aller *(34,2-10)*

99 Der Mann kommt. *(34,10-15)*

100 Nachricht von dem entw. Löwen *(34,15-20)*

101 Anstalt eines Kreiszugs *(34,26-35,1)*

[Lücke: Vorwurf an den Mann; dessen Beschreibung der Ausbreitung des Brandes (35,2-9).]

102 Wächter von der Burg. *(35,10-20)*

103 Erhöhte Jagdlust. *(35,20-25)*

104 Einhalt der Familie. *(35,26-36,9; nicht direkt dargestellt, sondern in der Reaktion des Fürsten)*

[Lücke: Pläne zur Sicherung des Löwen; Rede des Mannes; erster Gesang des Knaben; »vollkommene Stille« (36,10-40,23).]

105 Kapitulation. *(40,24-41,9)*

106 Frau Kind u. Wächter *(41,9-12)*

[Lücke: Gang der drei durch den Hohlweg; Anrufung Honorios durch die Frau; Positionierung von Wärtel und Frau im Gemäuer; der Knabe gerät auf dem Weg ins Innere der Ruine aus dem Blick (41,13-43,13).]

107 Idyllische Darstellung. *(43,14-45,22)*

W[eimar]. d. 8. October. 1826.

2. HINWEISE BEI ECKERMANN

Die von Eckermann überlieferten Äußerungen Goethes zur Novelle *haben die Rezeption dieses Textes und nicht zuletzt den Gattungsbegriff der »Novelle« nachhaltig geprägt. Auch wenn man dem heute kritisch gegenüber stehen kann, bieten sie dennoch ein lebendiges Bild des goetheschen Schaffensprozesses.*

Montag Abend den 15. Januar 1827

Nach Vollendung der Helena hatte Goethe sich im vergangenen Sommer zur Fortsetzung der Wanderjahre gewendet. Von dem Vorrücken dieser Arbeit erzählte er mir oft. »Um den vorhandenen Stoff besser zu benutzen, sagte er mir eines Tags, habe ich den ersten Teil ganz aufgelöset und werde nun so durch Vermischung des Alten und Neuen, zwei Teile bilden. Ich lasse nun das Gedruckte ganz abschreiben; die Stellen, wo ich Neues auszuführen habe, sind angemerkt, und wenn der Schreibende an ein solches Zeichen kommt, so diktiere ich weiter und bin auf diese Weise genötigt, die Arbeit nicht in Stocken geraten zu lassen.«

Eines anderen Tages sagte er mir so: »Das Gedruckte der Wanderjahre ist nun ganz abgeschrieben; die Stellen, die ich noch neu zu machen habe, sind mit blauem Papier ausgefüllt, so daß ich sinnlich vor Augen habe, was noch zu tun ist. So wie ich nun vorrücke, verschwinden die blauen Stellen immer mehr, und ich habe daran meine Freude.«

Vor mehreren Wochen hörte ich nun von seinem Sekretär, daß er an einer neuen Novelle arbeite; ich hielt mich daher Abends von Besuchen zurück und begnügte mich, ihn bloß alle acht Tage bei Tisch zu sehen.

Diese Novelle war nun seit einiger Zeit vollendet und er legte mir diesen Abend die ersten Bogen zur Ansicht vor.

Ich war beglückt und las bis zu der bedeutenden Stelle, wo Alle um den toten Tiger herumstehen und der Wärtel die Nachricht bringt, daß der Löwe oben an der Ruine sich in die Sonne gelegt habe.

Während des Lesens hatte ich die außerordentliche Deutlichkeit zu bewundern, womit alle Gegenstände bis auf die kleinste Lokalität vor die Augen gebracht waren. Der Auszug zur Jagd, die Zeichnungen der alten Schloßruine, der Jahrmarkt, der Feldweg zur Ruine, alles trat entschieden vor die Anschauung, so daß man genötiget war, sich das Dargestellte gerade so zu denken, wie der Dichter es gewollt hatte. Zugleich war alles mit einer solchen Sicherheit, Besonnenheit und Herrschaft geschrieben, daß man vom Künftigen nichts vorausahnen und keine Zeile weiter blicken konnte als man las.

Eure Exzellenz, sagte ich, müssen nach einem sehr bestimmten Schema gearbeitet haben.

»Allerdings habe ich das, antwortete Goethe; ich wollte das Sujet schon vor dreißig Jahren ausführen und seit der Zeit trage ich es im Kopfe. Nun ging es mir mit der Arbeit wunderlich. Damals, gleich nach Hermann und

Dorothea wollte ich den Gegenstand in epischer Form und Hexametern behandeln und hatte auch zu diesem Zweck ein ausführliches Schema entworfen. Als ich nun jetzt das Sujet wieder vornehme, um es zu schreiben, kann ich jenes alte Schema nicht finden und bin also genötigt, ein neues zu machen und zwar ganz gemäß der veränderten Form, die ich jetzt dem Gegenstande zu geben Willens war. Nun aber nach vollendeter Arbeit findet sich jenes ältere Schema wieder und ich freue mich nun, daß ich es nicht früher in Händen gehabt, denn es würde mich nur verwirrt haben. Die Handlung und der Gang der Entwickelung war zwar unverändert, allein im Detail war es doch ein ganz anderes; es war ganz für eine epische Behandlung in Hexametern gedacht und würde also für diese prosaische Darstellung gar nicht anwendbar gewesen sein.«

Das Gespräch lenkte sich auf den Inhalt. Eine schöne Situation, sagte ich, ist die, wo Honorio, der Fürstin gegenüber, am tot ausgestreckten Tiger steht, die klagende weinende Frau mit dem Knaben herzugekommen ist, und auch der Fürst mit dem Jagdgefolge zu der seltsamen Gruppe so eben herbeieilt. Das müßte ein treffliches Bild machen, und ich möchte es gemalt sehen.

»Gewiß, sagte Goethe, das wäre ein schönes Bild; – doch, fuhr er nach einigem Bedenken fort, der Gegenstand wäre fast zu reich und der Figuren zu viele, so daß die Gruppierung und Verteilung von Licht und Schatten dem Künstler sehr schwer werden würde. Allein den früheren Moment, wo Honorio auf dem Tiger kniet und die Fürstin am Pferde gegenüber steht, habe ich mir wohl als Bild gedacht; und das wäre zu machen.« Ich empfand, daß Goethe Recht hatte und fügte hinzu, daß ja dieser Moment auch eigentlich der Kern der ganzen Situation sei, worauf alles ankomme.

Noch hatte ich an dem Gelesenen zu bemerken, daß diese Novelle von allen übrigen der Wanderjahre einen ganz verschiedenen Charakter trage, indem darin Alles Darstellung des Äußern, Alles real sei. »Sie haben Recht, sagte Goethe, Innerliches finden Sie in dem Gelesenen fast gar nicht und in meinen übrigen Sachen ist davon fast zuviel.«

Nun bin ich neugierig zu erfahren, sagte ich, wie man sich des Löwen bemeistern wird; daß dieses auf eine ganz andere Weise geschehen werde, ahne ich fast, doch das Wie ist mir gänzlich verborgen. »Es wäre auch nicht gut, wenn Sie es ahneten, sagte Goethe, und ich will es Ihnen heute nicht verraten. Donnerstag Abend gebe ich Ihnen das Ende; bis dahin liegt der Löwe in der Sonne.« [...]

Donnerstag Abend den 18. Januar 1827

Auf diesen Abend hatte Goethe mir den Schluß der Novelle versprochen. Ich ging halb sieben Uhr zu ihm und fand ihn in seiner traulichen Arbeitsstube allein. Ich setzte mich zu ihm an den Tisch und nachdem wir die nächsten Tagesereignisse besprochen hatten, stand Goethe auf und gab mir die erwünschten letzten Bogen. »Da lesen Sie den Schluß«, sagte er. Ich begann. Goethe ging derweile im Zimmer auf und ab und stand abwechselnd am Ofen. Ich las wie gewöhnlich leise für mich.

Die Bogen des letzten Abends hatten damit geschlossen, daß der Löwe außerhalb der Ringmauer der alten Ruine am Fuße einer hundertjährigen Buche in der Sonne liege und daß man Anstalten mache, sich seiner zu bemächtigen. Der Fürst will die Jäger nach ihm aussenden, der Fremdling aber bittet seines Löwen zu schonen, indem er gewiß sei, ihn durch sanftere Mittel in den eisernen Käfich zurückzuschaffen. Dieses Kind, sagt er, wird durch liebliche Lieder und den Ton seiner süßen Flöte das Werk vollbringen. Der Fürst gibt es zu und nachdem er die nötigen Vorsichtsmaßregeln angeordnet, reitet er mit den Seinigen in die Stadt zurück. Honorio mit einer Anzahl Jäger besetzt den Hohlweg, um den Löwen, im Fall er herabkäme, durch ein anzuzündendes Feuer zurückzuscheuchen. Mutter und Kind, vom Schloßwärtel geführt, steigen die Ruine hinan, an deren anderen Seite, an der Ringmauer, der Löwe liegt.

Das gewaltige Tier in den geräumigen Schloßhof hereinzulocken ist die Absicht. Mutter und Wärtel verbergen sich oben in dem halbverfallenen Rittersaale, das Kind allein geht durch die dunkele Maueröffnung des Hofes zum Löwen hinaus. Eine erwartungsvolle Pause tritt ein, man weiß nicht, was aus dem Kinde wird, die Töne seiner Flöte verstummen. Der Wärtel macht sich

Vorwürfe, daß er nicht mitgegangen; die Mutter ist ruhig.

Endlich hört man die Töne der Flöte wieder; man hört sie näher und näher, das Kind tritt durch die Maueröffnung wieder in den Schloßhof herein, der Löwe folgsam mit schwerem Gange geht hinter ihm her. Sie ziehen einmal im Hofe herum, dann setzt sich das Kind in eine sonnige Stelle, der Löwe läßt sich friedlich bei ihm nieder und legt die eine seiner schweren Tatzen dem Kinde auf den Schoß. Ein Dorn hat sich hineingetreten, der Knabe zieht ihn heraus und nimmt sein seidenes Tüchlein vom Halse und verbindet damit die Tatze.

Mutter und Wärtel, welche der ganzen Szene von oben aus dem Rittersaale zusehen, sind aufs höchste beglückt. Der Löwe ist in Sicherheit und gezähmt, und wie das Kind, abwechselnd mit seinen Tönen der Flöte, zur Beschwichtigung des Untieres hin und wieder liebliche fromme Lieder hat hören lassen, so beschließt auch das Kind singend mit folgenden Versen die Novelle:

Und so geht mit guten Kindern
Sel'ger Engel gern zu Rat,
Böses Wollen zu verhindern,
Zu befördern schöne Tat.
So beschwören, fest zu bannen
Liebem Sohn ans zarte Knie
Ihn des Waldes Hochtyrannen
Frommer Sinn und Melodie.

Nicht ohne Rührung hatte ich die Handlung des Schlusses lesen können. Doch wußte ich nicht, was ich sagen sollte, ich war überrascht aber nicht befriedigt. Es war mir, als wäre der Ausgang zu einsam, zu ideal, zu lyrisch und als hätten wenigstens Einige der übrigen Figuren wieder hervortreten und, das Ganze abschließend, dem Ende mehr Breite geben sollen.

Goethe merkte, daß ich einen Zweifel im Herzen hatte und suchte mich ins Gleiche zu bringen. »Hätte ich, sagte er, einige der übrigen Figuren am Ende wieder hervortreten lassen, so wäre der Schluß prosaisch geworden. Und was sollten sie handeln und sagen, da Alles abgetan war? Der Fürst mit den Seinigen ist in die Stadt geritten, wo seine Hülfe nötig sein wird; Honorio, sobald er hört, daß der Löwe oben in Sicherheit ist, wird mit seinen Jägern folgen; der Mann aber wird sehr bald mit dem eisernen Käfich aus der Stadt da sein und den Löwen darin zurückführen. Dieses sind alles Dinge, die man voraus sieht und die deshalb nicht gesagt und ausgeführt werden müssen. Täte man es, so würde man prosaisch werden.«

»Aber ein ideeller, ja lyrischer Schluß war nötig und mußte folgen; denn nach der pathetischen Rede des Mannes, die schon poetische Prosa ist, mußte eine Steigerung kommen, ich mußte zur lyrischen Poesie, ja zum Liede selbst übergehen.«

»Um für den Gang dieser Novelle ein Gleichnis zu haben, fuhr Goethe fort, so denken Sie sich aus der Wurzel hervorschießend ein grünes Gewächs, das eine Weile aus einem starken Stengel kräftige grüne Blätter nach den Seiten austreibt und zuletzt mit einer Blume endet. – Die Blume war unerwartet, überraschend, aber sie mußte kommen; ja das grüne Blätterwerk war nur für sie da und wäre ohne sie nicht der Mühe wert gewesen.«

Bei diesen Worten atmete ich leicht auf, es fiel mir wie Schuppen vom Auge, und eine Ahndung von der Trefflichkeit dieser wunderbaren Komposition fing an sich in mir zu regen.

Goethe fuhr fort. »Zu zeigen, wie das Unbändige, Unüberwindliche oft besser durch Liebe und Frömmigkeit als durch Gewalt bezwungen werde, war die Aufgabe dieser Novelle, und dieses schöne Ziel, welches sich im Kinde und Löwen darstellt, reizte mich zur Ausführung. Dies ist das Ideelle, dies die Blume. Und das grüne Blätterwerk der durchaus realen Exposition ist nur dieserwegen da und nur dieserwegen etwas wert. Denn was soll das Reale an sich? Wir haben Freude daran, wenn es mit Wahrheit dargestellt ist, ja es kann uns auch von gewissen Dingen eine deutlichere Erkenntnis geben; aber der eigentliche Gewinn für unsere höhere Natur liegt doch allein im Idealen, das aus dem *Herzen* des Dichters hervorging.«

Wie sehr Goethe Recht hatte, empfand ich lebhaft, da der Schluß seiner Novelle noch in mir fortwirkte und eine Stimmung von Frömmigkeit in mir hervorgebracht hatte, wie ich sie lange nicht in dem Grade empfunden.

Wie rein und innig, dachte ich bei mir selbst, müssen doch in einem so hohen Alter noch die Gefühle des Dichters sein, daß er etwas so Schönes hat machen können! Ich enthielt mich nicht, mich darüber gegen Goethe auszusprechen, so wie überhaupt mich zu freuen, daß diese in ihrer Art einzige Produktion doch nun existiere.

»Es ist mir lieb, sagte Goethe, wenn Sie zufrieden sind, und ich freue mich nun selbst, daß ich einen Gegenstand, den ich seit dreißig Jahren in mir herumgetragen, nun endlich los bin. Schiller und Humboldt, denen ich damals mein Vorhaben mitteilte, rieten mir ab, weil sie nicht wissen konnten, was in der Sache lag, und weil nur der Dichter allein weiß, welche Reize er seinem Gegenstand zu geben fähig ist. Man soll daher nie jemanden fragen, wenn man etwas schreiben will. Hätte Schiller mich *vor* seinem Wallenstein gefragt, ob er ihn schreiben solle, ich hätte ihm sicherlich abgeraten, denn ich hätte nie denken können, daß aus solchem Gegenstand überall ein so treffliches Theaterstück wäre zu machen gewesen. Schiller war gegen eine Behandlung meines Gegenstandes in Hexametern, wie ich es damals gleich nach Hermann und Dorothea willens war; er riet zu den achtzeiligen Stanzen. Sie sehen aber wohl, daß ich mit der Prosa jetzt am besten gefahren bin. Denn es kam sehr auf genaue Zeichnung der Lokalität an, wobei man doch in solchen Reimen wäre geniert gewesen. Und dann ließ sich auch der anfänglich ganz reale und am Schluß ganz ideelle Charakter der Novelle in Prosa am besten geben, so wie sich auch die Liederchen jetzt gar hübsch ausnehmen, welches doch so wenig in Hexametern, als in den achtzeiligen Reimen möglich gewesen wäre.«

Die übrigen einzelnen Erzählungen und Novellen der Wanderjahre kamen zur Sprache und es ward bemerkt, daß jede sich von der andern durch einen besonderen Charakter und Ton unterscheide.

»Woher dieses entstanden, sagte Goethe, will ich Ihnen erklären. Ich ging dabei zu Werke wie ein Maler, der bei gewissen Gegenständen gewisse Farben vermeidet und gewisse andere dagegen vorwalten läßt. Er wird z. B. bei einer Morgenlandschaft viel Blau auf seine Palette setzen, aber wenig Gelb. Malt er dagegen einen Abend, so wird er viel Gelb nehmen und die blaue Farbe fast ganz fehlen lassen. Auf eine ähnliche Weise verfuhr ich bei meinen verschiedenartigen schriftstellerischen Produktionen und wenn man ihnen einen verschiedenen Charakter zugesteht, so mag es daher rühren.«

Ich dachte bei mir, daß dies eine höchst kluge Maxime sei und freute mich, daß Goethe sie ausgesprochen.

Sodann hatte ich, vorzüglich bei dieser letzten Novelle, noch das Detail zu bewundern, womit besonders das Landschaftliche dargestellt war.

»Ich habe, sagte Goethe, niemals die Natur poetischer Zwecke wegen betrachtet. Aber weil mein früheres Landschaftszeichnen und dann mein späteres Naturforschen mich zu einem beständigen genauen Ansehen der natürlichen Gegenstände trieb, so habe ich die Natur bis in ihre kleinsten Details nach und nach auswendig gelernt, dergestalt, daß, wenn ich als Poet etwas brauche, es mir zu Gebote steht und ich nicht leicht gegen die Wahrheit fehle. In Schillern lag dieses Naturbetrachten nicht. Was in seinem Tell von Schweizerlokalität ist, habe ich ihm alles erzählt; aber er war ein so bewundernswürdiger Geist, daß er selbst nach solchen Erzählungen etwas machen konnte, das Realität hatte.« [...]

Sonntag Abend den 21. Januar 1827

[...] Ich brachte das Gespräch auf die Novelle, die ich nun zu Hause wiederholt gelesen und betrachtet hatte. Der ganze Anfang, sagte ich, ist nichts als Exposition, aber es ist darin nichts vorgeführt als das Notwendige, und das Notwendige mit Anmut, so daß man nicht glaubt, es sei eines andern wegen da, sondern es wolle bloß für sich selber sein und für sich selber gelten.

»Es ist mir lieb, sagte Goethe, wenn Sie dieses so finden. Doch Eins muß ich noch tun. Nach den Gesetzen einer guten Exposition nämlich muß ich die Besitzer der Tiere schon vorne auftreten lassen. Wenn die Fürstin und der Oheim an der Bude vorbeireiten, müssen die Leute heraustreten und die Fürstin bitten, auch ihre Bude mit einem Besuch zu beglücken.« Gewiß, sagte ich, Sie haben Recht; denn da alles Übrige in der Exposition angedeutet ist, so müssen es auch diese Leute werden, und es liegt ganz in der Sache, da sie sich gewöhnlich an der

Kasse aufhalten, daß sie die Fürstin nicht so unangefochten werden vorbereiten lassen. »Sie sehen, sagte Goethe, daß man an einer solchen Arbeit, wenn sie auch schon im Ganzen fertig daliegt, im Einzelnen noch immer zu tun hat.« [...]

Donnerstag Abend den 29. [richtig: 25.] Januar 1827 [...] »Nun, fuhr Goethe fort, wie steht es mit der Novelle?« Ich habe sie mitgebracht, sagte ich. Nachdem ich sie nochmals gelesen, finde ich, daß Eure Exzellenz die intendierte Änderung nicht machen dürfen. Es tut gar gute Wirkung, wenn die Leute beim getöteten Tiger zuerst als durchaus fremde neue Wesen mit ihren abweichenden wunderlichen Kleidungen und Manieren hervortreten und sich als Besitzer der Tiere ankündigen. Brächten Sie sie aber schon früher in der Exposition, so würde diese Wirkung gänzlich geschwächt, ja vernichtet werden.

»Sie haben Recht, sagte Goethe, ich muß es lassen, wie es ist. Ohne Frage, Sie haben ganz Recht. Es muß auch beim ersten Entwurf in mir gelegen haben, die Leute nicht früher zu bringen, eben weil ich sie ausgelassen. Diese intendierte Änderung war eine Forderung des Verstandes und ich wäre dadurch bald zu einem Fehler verleitet worden. Es ist aber dieses ein merkwürdiger ästhetischer Fall, daß man von einer Regel abweichen muß, um keinen Fehler zu begehen.«

Es kam sodann zur Sprache, welchen Titel man der

Novelle geben solle; wir taten manche Vorschläge, einige waren gut für den Anfang, andere gut für das Ende, doch fand sich keiner, der für das Ganze passend und also der rechte gewesen wäre. »Wissen Sie was, sagte Goethe, wir wollen es die *Novelle* nennen; denn was ist eine Novelle anders als eine sich ereignete unerhörte Begebenheit. Dies ist der eigentliche Begriff, und so Vieles, was in Deutschland unter dem Titel Novelle geht, ist gar keine Novelle, sondern bloß Erzählung oder was Sie sonst wollen. In jenem ursprünglichen Sinne einer unerhörten Begebenheit kommt auch die Novelle in den Wahlverwandtschaften vor.«

Wenn man es recht bedenkt, sagte ich, so entsteht doch ein Gedicht immer ohne Titel und ist ohne Titel das, was es ist, so daß man also glauben sollte, der Titel gehöre gar nicht zur Sache. »Er gehört auch nicht dazu, sagte Goethe; die alten Gedichte hatten gar keine Titel, es ist dies ein Gebrauch der Neuern, von denen auch die Gedichte der Alten erst in einer späteren Zeit Titel erhalten haben. Doch dieser Gebrauch ist von der Notwendigkeit herbeigeführt, bei einer ausgebreiteten Literatur die Sachen zu nennen und von einander zu unterscheiden.« [...]

Mittwoch den 31. Januar 1827

[...] Wir sprachen und scherzten unbedeutende Dinge hin und her; dann fragte ich Goethe, wie es mit der Novelle stehe.

»Ich habe sie dieser Tage ruhen lassen, sagte er, aber Eins muß doch noch in der Exposition geschehen. Der Löwe nämlich muß brüllen, wenn die Fürstin an der Bude vorbeireitet; wobei ich denn einige gute Reflexionen über die Furchtbarkeit dieses gewaltigen Tieres anstellen lassen kann.« Dieser Gedanke ist sehr glücklich, sagte ich, denn dadurch entsteht eine Exposition, die nicht allein an sich, an ihrer Stelle, gut und notwendig ist, sondern wodurch auch alles Folgende eine größere Wirkung gewinnt. Bis jetzt erschien der Löwe fast zu sanft, indem er gar keine Spuren von Wildheit zeigte. Dadurch aber, daß er brüllet, läßt er uns wenigstens seine Furchtbarkeit ahnden, und wenn er sodann später sanft der Flöte des Kindes folgt, so wird dieses eine desto größere Wirkung tun.

»Diese Art zu ändern und zu bessern, sagte Goethe, ist nun die rechte, wo man ein noch Unvollkommenes durch fortgesetzte Erfindungen zum Vollendeten steigert. Aber ein Gemachtes immer wieder neu zu machen und weiter zu treiben, wie z. B. Walter Scott mit meiner Mignon getan, die er außer ihren übrigen Eigenheiten noch taubstumm sein läßt; diese Art zu ändern kann ich nicht loben.«

Johann Peter Eckermann, *Gespräche mit Goethe in den letzten Jahren seines Lebens*, Frankfurter Ausgabe, Band 39, hg. von Christoph Michel unter Mitwirkung von Hans Grüters, S. 198–228.

3. GOETHES UMGANG MIT BRÄNDEN UND ANDEREN WIDRIGEN ERLEBNISINHALTEN

Im neunten Buch von Dichtung und Wahrheit *beschreibt Goethe, wie er sich in seiner Straßburger Zeit (1770/71) gegen widrige Eindrücke gleichsam immunisiert:*

Indes er [Goethes Freund Franz Christian Lerse] nun mit seiner fortgesetzten humoristischen Trockenheit uns immer zu erinnern wußte, was man sich und andern schuldig sei, und wie man sich einzurichten habe, um mit den Menschen so lange als möglich in Frieden zu leben, und sich deshalb gegen sie in einige Positur zu setzen; so hatte ich innerlich und äußerlich mit ganz andern Verhältnissen und Gegnern zu kämpfen, indem ich mit mir selbst, mit den Gegenständen, ja mit den Elementen im Streit lag. Ich befand mich in einem Gesundheitszustand, der mich bei allem was ich unternehmen wollte und sollte hinreichend förderte; nur war mir noch eine gewisse Reizbarkeit übrig geblieben, die mich nicht immer im Gleichgewicht ließ. Ein starker Schall war mir zuwider, krankhafte Gegenstände erregten mir Ekel und Abscheu. Besonders aber ängstigte mich ein Schwindel, der mich jedesmal befiel, wenn ich von einer Höhe herunter blickte. Allen diesen Mängeln suchte ich abzuhelfen, und zwar, weil ich keine Zeit verlieren wollte, auf eine etwas heftige Weise. Abends beim Zapfenstreich ging ich neben der Menge Trommeln her, deren gewaltsame Wirbel und Schläge das Herz im Busen hätten zersprengen mögen. Ich erstieg ganz allein den höchsten Gipfel des Münsterturms, und saß in dem sogenannten Hals, unter dem Knopf oder der Krone, wie man's nennt, wohl eine Viertelstunde lang, bis ich es wagte wieder heraus in die freie Luft zu treten, wo man auf einer Platte, die kaum eine Elle ins Gevierte haben wird, ohne sich sonderlich anhalten zu können, stehend das unendliche Land vor sich sieht, indessen die nächsten Umgebungen und Zieraten die Kirche und alles, worauf und worüber man steht, verbergen. Es ist völlig als wenn man sich auf einer Mongolfiere in die Luft erhoben sähe. Dergleichen Angst und Qual wiederholte ich so oft, bis der Eindruck mir ganz gleichgültig ward, und ich habe nachher bei Bergreisen und geologischen Studien, bei großen Bauten, wo ich mit den Zimmerleuten um die Wette über die freiliegenden Balken und über die Gesimse des Gebäudes herlief, ja in Rom, wo man eben dergleichen Wagstücke ausüben muß, um bedeutende Kunstwerke näher zu sehen, von jenen Vorübungen großen Vorteil gezogen. Die Anatomie war mir auch deshalb doppelt wert, weil sie mich den widerwärtigsten Anblick ertragen lehrte, indem sie meine Wißbegierde befriedigte. Und so besuchte ich auch das Klinikum des ältern Doktor *Ehrmann*, so wie die Lektionen der Entbindungskunst seines Sohns, in der doppelten Absicht, alle Zustände kennen zu lernen und mich von aller Apprehension gegen widerwärtige Dinge zu befreien. Ich habe es auch wirklich darin so weit gebracht, daß nichts dergleichen mich jemals aus der Fassung setzen konnte. Aber nicht allein gegen diese sinnlichen Eindrücke, sondern auch gegen die Anfechtungen der Einbildungskraft suchte ich mich zu stählen. Die ahndungs- und schauervollen Eindrücke der Finsternis, der Kirchhöfe, einsamer Örter, nächtlicher Kirchen und Kapellen und was hiemit verwandt sein mag, wußte ich mir ebenfalls gleichgültig zu machen; und auch darin brachte ich es so weit, daß mir Tag und Nacht und jedes Lokal völlig gleich war, ja daß, als in später Zeit mich die Lust ankam, wieder einmal in solcher Umgebung die angenehmen Schauer der Jugend zu fühlen, ich diese in mir kaum durch die seltsamsten und fürchterlichsten Bilder, die ich hervorrief, wieder einigermaßen erzwingen konnte.

Frankfurter Ausgabe, Band 14, hg. von Klaus-Detlef Müller, S. 407-409.

Dass die Straßburger Kur Goethe von seinen Aversionen nicht geheilt hat, zeigt, ein halbes Jahr vor der erneuten Beschäftigung mit dem Jagd-Stoff von 1797, sein Verhalten gegenüber seiner Schwiegertochter, die am 28. April 1826 beim Reiten verunglückt ist. Kanzler Friedrich von Müller notiert am 17. Mai 1826[1]*:*

Ottilie konnte sich noch nicht sehen lassen, Goethe hatte sich bis jetzt selbst noch immer gescheut, ihr entstelltes Antlitz zu sehen. »Denn«, sagte er, »ich werde solche häßliche Eindrücke nicht wieder los, sie verderben mir für immer die Erinnerung. Ich bin hinsichtlich meines sinnlichen Auffassungsvermögens so seltsam geartet, daß ich alle Umrisse und Formen aufs schärfste und bestimmteste in der Erinnerung behalte, dabei aber durch Mißgestaltungen und Mängel mich aufs lebhafteste affiziert finde. Der schönste, kostbarste Kupferstich, wenn er einen Flecken oder Bruch bekommt, ist mir sofort unleidlich. Wie könnte ich mich über diese oft freilich peinliche Eigentümlichkeit ärgern, da sie mit andern erfreulichen Eigenschaften meiner Natur innigst zusammenhängt? Denn ohne jenes scharfe Auffassungs- und

---

1 Vgl. Sigrid Damm, *Christiane und Goethe. Eine Recherche*, Frankfurt/M. 1998, S. 449 f., die diese Stelle im Zusammenhang mit Goethes ebenfalls von seiner Angst vor widrigen Eindrücken geprägtem Verhalten gegenüber seiner alternden und kranken Gattin in deren letztem Lebensjahr zitiert.

Eindrucksvermögen könnte ich ja auch nicht meine Gestalten so lebendig und scharf individualisiert hervorbringen! Diese unglaubliche Leichtigkeit und Präzision der Auffassung hat mich früher lange Jahre hindurch zu dem Wahne verführt, ich hatte Beruf und Talent zum Zeichnen und Malen. Erst spät gewahrte ich, daß es mir an dem Vermögen fehle, in gleichem Grade die empfangnen Eindrücke nach außen *wiederzugeben.*«

Frankfurter Ausgabe, Band 37, hg. von Horst Fleig, S. 377 (Nr. 315); vgl. dort auch die anderen Quellen zu diesem Komplex.

An einen Brand in der Frankfurter Judengasse in der Nacht vom 28. auf den 29. Mai 1774 erinnert sich Goethe im 16. Buch von Dichtung und Wahrheit.

In der sehr eng in einander gebauten Judengasse war ein heftiger Brand entstanden. Mein allgemeines Wohlwollen, die daraus entspringende Lust zu tätiger Hülfe, trieb mich, gut angekleidet wie ich ging und stand dahin. Man hatte von der Allerheiligen Gasse her durchgebrochen, an diesen Zugang verfügt ich mich; ich fand daselbst eine große Anzahl Menschen mit Wassertragen beschäftigt, mit vollen Eimern sich hin drängend mit leeren herwärts. Ich sah gar bald daß, wenn man eine Gasse bildete wo man die Eimer herauf und herabreichte, die Hülfe die doppelte sein würde. Ich ergriff zwei volle Eimer und blieb stehen, rief andere an mich heran, den Kommenden wurde die Last abgenommen und die Rückkehrenden reihten sich auf der andern Seite. Die Anstalt fand Beifall, mein Zureden und persönliche Teilnahme ward begünstigt und die Gasse vom Eintritt bis zum brennenden Ziele war bald vollendet und geschlossen. Kaum aber hatte die Heiterkeit womit dieses geschehen, eine frohe man kann sagen eine lustige Stimmung in dieser lebendigen zweckmäßig wirkenden Maschine aufgeregt, als der Mutwille sich schon hervortat und der Schadenfreude Raum gab. Armselige Flüchtende, ihre jammervolle Habe auf dem Rücken schleppend, mußten, einmal in die bequeme Gasse geraten, unausweichlich hindurch und blieben nicht unangefochten. Mutwillige Knaben-Jünglinge spritzten sie an und fügten Verachtung und Unart noch dem Elend hinzu. Gleich aber, durch mäßiges Zureden und rednerische Strafworte mit Rücksicht wahrscheinlich auf meine reinlichen Kleider, die ich vernachlässigte, ward der Frevel eingestellt.

Neugierige meiner Freunde waren herangetreten den Unfall zu beschauen, und waren verwundert, ihren Gesellen in Schuhen und seidenen Strümpfen – denn anders ging man damals nicht – in diesen feuchten Geschäfte zu sehen. Wenige konnt' ich heranziehen, andere lachten und schüttelten die Köpfe. Wir hielten lange Stand, denn bei manchen Abtretenden verstanden sich auch manche zur Anfuge; viele Schaulustige folgten aufeinander und so ward mein unschuldiges Wagnis vielen bekannt, und die wunderliche Lizenz mußte zur Stadtgeschichte des Tags werden.

Frankfurter Ausgabe, Band 14, hg. von Klaus-Detlef Müller, S. 736f.

In Weimar gehören Brandschutzmaßnahmen und Brandbekämpfung zu Goethes beruflichen Aufgaben. Charlotte von Stein berichtet er am 26. Juni 1780:

Gestern war ich in Ettersburg und dicktirte der Jöchh[ausen] mit dem lebhafftesten Muthwillen an unsern Vögeln, die Nachricht von Feuer in Gros Brembach iagte mich fort, und ich war geschwind in den Flammen. Nach so lang trocknem Wetter, bey einem unglücklichen Wind war die Gewalt des Feuers unbändig. Man fühlt da recht wie einzeln man ist, und wie die Menschen doch so viel guten und schicklichen Begriff haben etwas anzugreifen. Die fatalsten sind dabey, wie immer, die nur sehn was *nicht* geschieht, und darüber die aufs nothwendige Gerichteten Menschen irre machen. Ich habe ermahnt, gebeten, getröstet, beruhigt, und meine ganze Sorgfalt auf die Kirche gewendet, die noch in Gefahr stund als ich kam und wo ausser dem Gebäude noch viel Frucht die dem Herrn gehört, auf dem Boden zu Grunde gegangen wäre. Voreilige Flucht ist der gröste Schaden bey diesen Gelegenheiten, wenn man sich anstatt zu retten widersezte, man könnte das unglaubliche thun. Aber der Mensch ist Mensch und die Flamme ein Ungeheuer. Ich bin noch zu keinem Feuer in seiner ganzen Acktivität gekommen als zu diesem. Nach der Bauart unsrer Dörfer müssen wirs täglich erwarten. Es ist als wenn der Mensch genötigt wäre, einen zierlich und künstlich zusammengebauten Holzstos zu bewohnen, der recht, das Feuer schnell aufzunehmen, zusammengetragen wäre.

Aus dem Teich wollte niemand schöpfen denn vom Winde getrieben schlug die Flamme der nächsten Häuser wirblend hinein. Ich trat dazu und rief es geht, es geht ihr Kinder, und gleich waren ihrer wieder da die schöpften, aber bald musst ich meinen Plaz verlassen, weils allenfalls nur wenig Augenblicke auszuhalten war. Meine Augbrauen sind versengt, und das Wasser in meinen Schuhen siedend hat mir die Zehen gebrüht, ein wenig zu ruhen legt ich mich nach Mitternacht, da alles noch brannte und knisterte im Wirthshaus aufs Bett, und ward von Wanzen heimgesucht und versuchte also manch menschlich Elend und unbequemlichkeit. Der Herzog und der Prinz kamen später, und thaten das ihrige. Einige ganz gewöhnliche und immer unerkanndte Fehler bey solchen Gelegenheiten hab ich bemerckt.

Verzeihen Sie dass ich mit Bildern und Gestalten des Gräuels Sie in Ihre Freuden verfolge. Es fiel mir in der Nacht und denen Flammen ein, wie das Schicksaal wüthet und nun Sicilien wieder bebt und die Berge speyen, und die Engländer ihre eigne Stadt anzünden und das alles im aufgeklärten 18ten Jahrhundert.

Frankfurter Ausgabe, Band 29, hg. von Hartmut Reinhardt, S. 270f.

4. »MORALISCHE ERZÄHLUNGEN« UND »PARALLELGESCHICHTEN«

Sowohl von ihrer Entstehungszeit als auch von ihrer Form her lässt sich die Novelle *als ein Seitenstück zu den in die* Wanderjahre *eingestreuten Erzählungen lesen. Bereits in den* Unterhaltungen deutscher Ausgewanderten *kommen Fragen, die derartige Geschichten betreffen, zur Sprache.*

Man muß Ihren Prokurator loben, sagte die Baronesse, er ist zierlich, vernünftig, unterhaltend und unterrichtend; so sollten alle diejenigen sein, die uns von einer Verirrung abhalten oder davon zurück bringen wollen. Wirklich verdient die Erzählung vor vielen andern den Ehrentitel einer moralischen Erzählung. Geben Sie uns mehrere von dieser Art, und unsre Gesellschaft wird sich deren gewiß erfreuen.

DER ALTE Wenn diese Geschichte Ihren Beifall hat, so ist es mir zwar sehr angenehm, doch tut mir's leid, wenn Sie mehr moralische Erzählungen wünschen, denn es ist die erste und letzte.

LUISE Es bringt Ihnen nicht viel Ehre, daß Sie in Ihrer Sammlung gerade von der besten Art nur eine einzige haben.

DER ALTE Sie verstehn mich unrecht. Es ist nicht die einzige moralische Geschichte, die ich erzählen kann, sondern alle gleichen sich dergestalt, daß man immer nur dieselbe zu erzählen scheint.

LUISE Sie sollten sich doch endlich diese Paradoxen abgewöhnen, die das Gespräch nur verwirren; erklären Sie sich deutlicher.

DER ALTE Recht gern. Nur diejenige Erzählung verdient moralisch genannt zu werden, die uns zeigt, daß der Mensch in sich eine Kraft habe, aus Überzeugung eines Bessern, selbst gegen seine Neigung, zu handeln. Dieses lehrt uns diese Geschichte, und keine moralische Geschichte kann was anders lehren.

LUISE Und ich muß also, um moralisch zu handeln, gegen meine Neigung handeln?

DER ALTE Ja.

LUISE Auch wenn sie gut ist?

DER ALTE Keine Neigung ist an sich gut, sondern nur in so fern sie etwas gutes wirkt.

LUISE Wenn man nun Neigung zur Wohltätigkeit hätte?

DER ALTE So soll man sich verbieten, wohltätig zu sein, sobald man sieht, daß man sein eigen Hauswesen dadurch zu Grunde richtet.

LUISE Und wenn man einen unwiderstehlichen Trieb zur Dankbarkeit hätte.

DER ALTE Dafür ist bei den Menschen schon gesorgt, daß die Dankbarkeit bei ihnen niemals zum Triebe werden kann. Doch gesetzt auch, so würde der zu schätzen sein, der sich lieber undankbar zeigte, als daß er etwas Schändliches aus Liebe zu seinem Wohltäter unternähme.

LUISE So könnte es denn also doch unzählige moralische Geschichten geben.

DER ALTE In diesem Sinne, ja; doch würden sie alle nichts weiter sagen, als was mein Prokurator gesagt hat, und deswegen kann man ihn einzig dem Geiste nach nennen, denn darin haben Sie recht, der Stoff kann sehr verschieden sein.

LUISE Hätten Sie sich eigentlicher ausgedruckt, so hätten wir nicht gestritten.

DER ALTE Aber auch nicht gesprochen. Verwirrungen und Mißverständnisse sind die Quellen des tätigen Lebens und der Unterhaltung.

LUISE Ich kann doch noch nicht ganz mit Ihnen einig sein. Wenn ein tapferer Mann mit Gefahr seines eigenen Lebens andere rettet, ist das keine moralische Handlung?

DER ALTE Nach meiner Art mich auszudrücken nicht. Wenn aber ein furchtsamer Mensch seine Furcht überwindet und eben dasselbe tut, dann ist es eine moralische Handlung.

DIE BARONESS Ich wollte, lieber Freund, Sie gäben uns noch einige Beispiele, und verglichen sich gelegentlich mit Luisen über die Theorie. Gewiß, ein Gemüt, das Neigung zum Guten hat, muß uns, wenn wir es gewahr werden, schon höchlich erfreuen; aber schöneres ist nichts in der Welt als Neigung durch Vernunft und Gewissen geleitet. Haben Sie noch eine Geschichte dieser Art, so wünschen wir sie zu hören. Ich liebe mir sehr

Parallelgeschichten. Eine deutet auf die andere hin und erklärt ihren Sinn besser als viele trockne Worte.

DER ALTE Ich kann wohl noch einige, die hieher gehören, vorbringen, denn ich habe auf diese Eigenschaften des menschlichen Geistes besonders acht gegeben.

LUISE Nur eins möchte ich mir ausbitten. Ich leugne nicht, daß ich die Geschichten nicht liebe, die unsre Einbildungskraft immer in fremde Länder nötigen. Muß denn alles in Italien und Sicilien geschehen? Sind denn Neapel, Palermo und Smyrna die einzigen Orte, wo etwas Interessantes vorgehen kann? Mag man doch den Schauplatz der Feenmärchen nach Samarcand und Ormus versetzen, um unsre Einbildungskraft zu verwirren. Wenn Sie aber unsern Geist, unser Herz bilden wollen, so geben Sie uns einheimische, geben Sie uns Familiengemälde, und wir werden uns desto eher darin erkennen, und wenn wir uns getroffen fühlen, desto gerührter an unser Herz schlagen.

Frankfurter Ausgabe, Band 9, hg. von Wilhelm Voßkamp und Herbert Jaumann, S. 1057-1059.

5. GOETHES VERHÄLTNIS ZU OPTISCHEN GERÄTEN

Goethe hatte gegenüber Sehhilfen aller Art eine überaus kritische Einstellung. Was in der Novelle *angedeutet bleibt, wird in den* Wanderjahren *direkt ausgesprochen.*

Nach einigen Stunden ließ der Astronom seinen Gast die Treppen zur Sternwarte sich hinaufwinden, und zuletzt allein auf die völlig freie Fläche eines runden hohen Turmes heraustreten. Die heiterste Nacht, von allen Sternen leuchtend und funkelnd, umgab den Schauenden, welcher zum erstenmale das hohe Himmelsgewölbe in seiner ganzen Herrlichkeit zu erblicken glaubte. Denn im gemeinen Leben, abgerechnet die ungünstige Witterung die uns den Glanzraum des Äthers verbirgt, hindern uns zu Hause bald Dächer und Giebel, auswärts bald Wälder und Felsen, am meisten aber überall die inneren Beunruhigungen des Gemüts, die uns alle Umwelt mehr als Nebel und Mißwetter zu verdüstern sich hin und herbewegen.

Ergriffen und erstaunt hielt er sich beide Augen zu. Das Ungeheure hört auf erhaben zu sein, es überreicht unsre Fassungskraft, es droht uns zu vernichten. Was bin ich denn gegen das All? sprach er zu seinem Geiste: wie kann ich ihm gegenüber, wie kann ich in seiner Mitte stehen? Nach einem kurzen Überdenken jedoch fuhr er fort: das Resultat unsres heutigen Abends lös't ja auch das

Rätsel des gegenwärtigen Augenblicks. Wie kann sich der Mensch gegen das Unendliche stellen, als wenn er alle geistigen Kräfte die nach vielen Seiten hingezogen werden in seinem Innersten, Tiefsten versammelt, wenn er sich fragt: darfst du dich in der Mitte dieser ewig lebendigen Ordnung auch nur denken, sobald sich nicht gleichfalls in dir ein beharrlich Bewegtes, um einen reinen Mittelpunkt kreisend, hervortut? Und selbst wenn es dir schwer würde diesen Mittelpunkt in deinem Busen aufzufinden, so würdest du ihn daran erkennen, daß eine wohlwollende, wohltätige Wirkung von ihm ausgeht und von ihm Zeugnis gibt.

Wer soll, wer kann aber auf sein vergangenes Leben zurückblicken, ohne gewissermaßen irre zu werden, da er meistens finden wird, daß sein Wollen richtig, sein Tun falsch, sein Begehren tadelhaft und sein Erlangen dennoch erwünscht gewesen?

Wie oft hast du diese Gestirne leuchten gesehen und haben sie dich nicht jederzeit anders gefunden? sie aber sind immer dieselbigen und sagen immer dasselbige: wir bezeichnen, wiederholen sie, durch unsern gesetzmäßigen Gang, Tag und Stunde; frage dich auch wie verhältst du dich zu Tag und Stunde? – Und so kann ich denn diesmal antworten: des gegenwärtigen Verhältnisses hab' ich mich nicht zu schämen, meine Absicht ist, einen edlen Familienkreis in allen seinen Gliedern erwünscht verbunden herzustellen; der Weg ist bezeichnet. Ich soll erforschen, was edle Seelen auseinander hält, soll Hindernisse wegräumen von welcher Art sie auch seien. Dies darfst du vor diesen himmlischen Heerscharen bekennen; achteten sie deiner, sie würden zwar über deine Beschränktheit lächeln, aber sie ehrten gewiß deinen Vorsatz und begünstigten dessen Erfüllung.

Bei diesen Worten und Gedanken wendete er sich umher zu sehen, da fiel ihm Jupiter in die Augen, das Glücksgestirn, so herrlich leuchtend als je; er nahm das Omen als günstig auf und verharrte freudig in diesem Anschauen eine Zeit lang.

Hierauf sogleich berief ihn der Astronom herabzukommen und ließ ihn eben dieses Gestirn durch ein vollkommenes Fernrohr, in bedeutender Größe, begleitet von seinen Monden, als ein himmlisches Wunder anschauen.

Als unser Freund lange darin versunken geblieben, wendete er sich um und sprach zu dem Sternfreunde: »Ich weiß nicht, ob ich Ihnen danken soll, daß Sie mir dieses Gestirn so über alles Maß näher gerückt. Als ich es vorhin sah, stand es im Verhältnis zu dem übrigen unzähligen des Himmels und zu mir selbst; jetzt aber tritt es in meiner Einbildungskraft unverhältnismäßig hervor und ich weiß nicht, ob ich die übrigen Scharen gleicherweise heranzuführen wünschen sollte. Sie werden mich einengen, mich beängstigen.«

So erging sich unser Freund nach seiner Gewohnheit weiter und es kam bei dieser Gelegenheit manches Unerwartete zur Sprache. Auf einiges Erwidern des Kunstverständigen versetzte Wilhelm: »ich begreife recht gut, daß es euch Himmelskundigen die größte Freude gewähren muß, das ungeheure Weltall nach und nach so heranzuziehen wie ich hier den Planeten sah und sehe. Aber erlauben Sie mir es auszusprechen: ich habe im Leben überhaupt und im Durchschnitt gefunden, daß diese Mittel, wodurch wir unsern Sinnen zu Hülfe kommen, keine sittlich günstige Wirkung auf den Menschen ausüben. Wer durch Brillen sieht, hält sich für klüger als er ist, denn sein äußerer Sinn wird dadurch mit seiner innern Urteilsfähigkeit außer Gleichgewicht gesetzt; es gehört eine höhere Kultur dazu, deren nur vorzügliche Menschen fähig sind, ihr Inneres, Wahres mit diesem von außen herangerückten Falschen einigermaßen auszugleichen. So oft ich durch eine Brille sehe, bin ich ein anderer Mensch und gefalle mir selbst nicht; ich sehe mehr als ich sehen sollte, die schärfer gesehene Welt harmoniert nicht mit meinem Innern und ich lege die Gläser geschwind wieder weg, wenn meine Neugierde, wie dieses oder jenes in der Ferne beschaffen sein möchte, befriedigt ist.«

Auf einige scherzhafte Bemerkungen des Astronomen fuhr Wilhelm fort: »Wir werden diese Gläser so wenig als irgend ein Maschinenwesen aus der Welt bannen, aber dem Sittenbeobachter ist es wichtig zu erforschen und zu wissen, woher sich manches in die Menschheit eingeschlichen hat, worüber man sich beklagt. So bin ich z.B. überzeugt, daß die Gewohnheit Annäherungsbrillen zu tragen an dem Dünkel unserer jungen Leute hauptsächlich Schuld hat.«

Frankfurter Ausgabe, Band 10, hg. von Gerhard Neumann und Hans-Georg Dewitz, S. 382-385.

6. ATEM UND PANIK

Wem vor Schreck der Atem stockt, verliert die Fähigkeit, handelnd gegen die Ursache des Schreckens vorzugehen. In der antiken Vorstellungswelt entspricht diesem »panischen« Moment das Verstummen der Natur zum Zeitpunkt des höchsten Sonnenstandes: Pan schläft dann, und das kleinste Geräusch könnte ihn wecken. Die Unterbrechung des Atemflusses aber verhindert den Ausbruch einer Panik nicht, sondern ist ihre Vorbedingung. Denn der Atem ist für Goethe die »ewige Formel des Lebens«. Daher rührt wohl auch die zauberisch-beruhigende Bedeutung, die dem Flötenspiel als musikalisch geformtem Atem in der Novelle *zukommt. Und auch die Flöte ist ja, im Sinne einer Einheit der Gegensätze, Attribut des antiken Hirtengotts.*

Ein graues Bild auf schwarzem Grunde erscheint viel heller, als dasselbe Bild auf weißem. Stellt man beide Fälle neben einander, so kann man sich kaum überzeugen, daß beide Bilder aus *einem* Topf gefärbt seien. Wir glauben hier abermals die große Regsamkeit der Netzhaut zu bemerken und den stillen Widerspruch, den jedes Lebendige zu äußern gedrungen ist, wenn ihm irgend ein bestimmter Zustand dargeboten wird. So setzt das Einatmen schon das Ausatmen voraus und umgekehrt; so jede Systole ihre Diastole. Es ist die ewige Formel des Lebens, die sich auch hier äußert. Wie dem Auge das Dunkle geboten wird, so fordert es das Helle; es fordert Dunkel, wenn man ihm Hell entgegenbringt und zeigt eben dadurch seine Lebendigkeit, sein Recht das Objekt zu fassen, indem es etwas, das dem Objekt entgegengesetzt ist, aus sich selbst hervorbringt.

Zur Farbenlehre, Frankfurter Ausgabe, Band 23, hg. von Manfred Wenzel, S. 41 (Didaktischer Teil, § 38).

Treue Beobachter der Natur, wenn sie auch sonst noch so verschieden denken, werden doch darin mit einander übereinkommen, daß alles, was erscheinen, was uns als ein Phänomen begegnen solle, müsse entweder eine ursprüngliche Entzweiung, die einer Vereinigung fähig ist, oder eine ursprüngliche Einheit, die zur Entzweiung gelangen könne, andeuten, und sich auf eine solche Weise darstellen. Das Geeinte zu entzweien, das Entzweite zu einigen, ist das Leben der Natur; dies ist die ewige Systole und Diastole, die ewige Synkrisis und Diakrisis, das Ein- und Ausatmen der Welt, in der wir leben, weben und sind.

Zur Farbenlehre, Frankfurter Ausgabe, Band 23, hg. von Manfred Wenzel, S. 239 (Didaktischer Teil, § 739).

In einem heftig ausgetragenen Disput zwischen Vulkanisten und Neptunisten über die Entstehung der Landmassen durch allmähliche Hebung oder durch plötzlich wirkenden Vulkanismus (Goethe selbst sympathisierte mit den Neptunisten) hat sich Montan in den Wanderjahren *neutral verhalten. Am nächsten Morgen will Wilhelm ›endlich seine Meinung und seine Entscheidung hören‹. Montan antwortet:*

»Du tadelst mich, daß ich einem jeden in seiner Meinung nachhalf, wie sich denn für alles noch immer ein ferneres Argument auffinden läßt; ich vermehrte die Verwirrung dadurch, das ist wahr, eigentlich aber kann ich es mit diesem Geschlecht nicht mehr ernstlich nehmen. Ich habe mich durchaus überzeugt, das Liebste, und das sind doch unsre Überzeugungen, muß jeder im tiefsten Ernst bei sich selbst bewahren, jeder weiß nur für sich was er weiß und das muß er geheim halten; wie er es ausspricht, sogleich ist der Widerspruch rege, und wie er sich in Streit einläßt, kommt er in sich selbst aus dem Gleichgewicht und sein Bestes wird, wo nicht vernichtet, doch gestört.«

Durch einige Gegenrede Wilhelms veranlaßt erklärte Montan sich ferner: »wenn man einmal weiß, worauf alles ankommt, hört man auf gesprächig zu sein.« – »Worauf kommt nun aber alles an?« versetzte Wilhelm hastig. – »Das ist bald gesagt«, versetzte jener: »Denken und Tun, Tun und Denken, das ist die Summe aller Weisheit, von jeher anerkannt, von jeher geübt, nicht eingesehen von einem jeden. Beides muß wie Aus- und Einatmen sich im Leben ewig fort hin und wider bewegen; wie Frage und Antwort sollte eins ohne das andere nicht statt finden. Wer sich zum Gesetz macht was einem jeden Neugebornen der Genius des Menschenverstandes heimlich in's Ohr flüstert, das Tun am Denken, das Denken am Tun zu prüfen, der kann nicht irren, und irrt er, so wird er sich bald auf den rechten Weg zurückfinden.«

Frankfurter Ausgabe, Band 10, hg. von Gerhard Neumann und Hans-Georg Dewitz, S. 535f.

Im ersten Akt von Faust II, *wenige Monate nach der* Novelle *entstanden, bringt Goethe Pan und Brand erneut zusammen. Dem als »großer Pan« auftretenden Kaiser rutscht der angeklebte Bart ins Feuer und droht »allgemeinen Brand« zu verursachen.*

NYMPHEN IM CHOR *sie umschließen den großen Pan*
Auch kommt er an! –
Das All der Welt
Wird vorgestellt
Im großen Pan.
Ihr heitersten umgebet ihn,
Im Gaukeltanz umschwebet ihn,
Denn weil der Ernste gut dabei,
So will er daß man fröhlich sei.

Auch unterm blauen Wölbedach
Verhielt' er sich beständig wach,
Doch rieseln ihm die Bäche zu,
Und Lüftlein wiegen ihn mild in Ruh.
Und wenn er zu Mittage schläft
Sich nicht das Blatt am Zweige regt,
Gesunder Pflanzen Balsam Duft
Erfüllt die schweigsam stille Luft,
Die Nymphe darf nicht munter sein
Und wo sie stand da schläft sie ein.
Wenn unerwartet mit Gewalt,
Dann aber seine Stimm erschallt,
Wie Blitzes Knattern, Meergebraus
Dann niemand weiß wo ein noch aus,
Zerstreut sich tapfers Heer im Feld
Und im Getümmel bebt der Held.
So Ehre dem, dem Ehre gebührt
Und Heil ihm der uns hergeführt!

DEPUTATION DER GNOMEN *an den großen Pan*

Wenn das glänzend reiche Gute
Fadenweis durch Klüfte streicht,
Nur der klugen Wünschelrute
Seine Labyrinthe zeigt,

Wölben wir in dumpfen Grüften
Troglodytisch unser Haus,
Und an reinen Tageslüften
Teilst du Schätze gnädig aus.

Nun entdecken wir hieneben
Eine Quelle wunderbar,
Die bequem verspricht zu geben
Was kaum zu erreichen war.

Dies vermagst du zu vollenden,
Nimm es Herr in deine Hut.
Jeder Schatz in deinen Händen
Kommt der ganzen Welt zugut.

PLUTUS *zum Herold*

Wir müssen uns im hohen Sinne fassen
Und was geschieht getrost geschehen lassen,
Du bist ja sonst des stärksten Mutes voll.
Nun wird sich gleich ein Gräulichstes eräugnen,
Hartnäckig wird es Welt und Nachwelt leugnen,
Du schreib es treulich in dein Protokoll.

HEROLD *den Stab anfassend, welchen Plutus in der Hand behält*

Die Zwerge führen den großen Pan
Zur Feuerquelle sacht heran,
Sie siedet auf vom tiefsten Schlund
Dann sinkt sie wieder hinab zum Grund,
Und finster steht der offne Mund;
Wallt wieder auf in Sud und Glut
Der große Pan steht wohlgemut
Freut sich des wundersamen Dings.
Und Perlenschaum sprüht rechts und links,
Wie mag er solchen Wesen traun?

Er bückt sich tief hineinzuschaun. –
Nun aber fällt sein Bart hinein! –
Wer mag das glatte Kinn wohl sein?
Die Hand verbirgt es unserm Blick. –
Nun folgt ein großes Ungeschick
Der Bart entflammt und fliegt zurück.
Entzündet Kranz und Haupt und Brust,
Zu Leiden wandelt sich die Lust. –
Zu löschen läuft die Schar herbei,
Doch keiner bleibt von Flammen frei,
Und wie es patscht und wie es schlägt
Wird neues Flammen aufgeregt;
Verflochten in das Element
Ein ganzer Maskenklump verbrennt.

Was aber hör ich wird uns kund
Von Ohr zu Ohr von Mund zu Mund!
O ewig unglückselge Nacht
Was hast du uns für Leid gebracht.
Verkünden wird der nächste Tag
Was niemand willig hören mag;
Doch hör' ich aller Orten schrein:
Der K a i s e r leidet solche Pein
O wäre doch ein andres wahr!
Der Kaiser brennt und seine Schar.
Sie sei verflucht die ihn verführt,
In harzig Reis ihn eingeschnürt,
Zu toben her mit Brüll-Gesang

Zu allerseitigem Untergang.
O Jugend Jugend wirst du nie
Der Freude reines Maß bezirken?
O Hoheit Hoheit wirst du nie
Vernünftig wie allmächtig wirken?

Schon geht der Wald in Flammen auf,
Sie züngeln leckend spitz hinauf,
Zum holzverschränkten Deckenband,
Uns droht ein allgemeiner Brand.
Des Jammers Maß ist übervoll,
Ich weiß nicht wer uns retten soll.
Ein Aschenhaufen einer Nacht
Liegt morgen reiche Kaiserpracht.

PLUTUS

Schrecken ist genug verbreitet,
Hülfe sei nun eingeleitet! –
Schlage heilgen Stabs Gewalt
Daß der Boden bebt und schallt.
Du geräumig weite Luft
Fülle dich mit kühlem Duft;
Zieht heran umherzuschweifen
Nebeldünste, schwangre Streifen,
Deckt ein flammendes Gewühl;
Rieselt, säuselt, Wölkchen kräuselt,
Schlüpfet wallend, leise dämpfet,
Löschend überall bekämpfet,
Ihr die lindernden die Feuchten,

Wandelt in ein Wetterleuchten,
Solcher eitlen Flamme Spiel. –
Drohen Geister uns zu schädigen
Soll sich die Magie betätigen.

Frankfurter Ausgabe, Band 7/1, hg. von Albrecht Schöne, S. 243-246 (Vers 5872-5986).

NACHWORT

I

Als Goethes *Novelle* 1828 im Rahmen der Werkausgabe letzter Hand bei Cotta erschien, lag der erste Anlauf zu einer Bearbeitung des Stoffes bereits über dreißig Jahre zurück: Geplant war damals allerdings kein Prosatext, sondern zunächst ein episches Gedicht in der Art von *Hermann und Dorothea*, dann eine Ballade in gereimten Strophen; der Arbeitstitel des Ganzen war offenbar »Die Jagd«. Da keine Entwürfe hierzu erhalten sind, wissen wir darüber nur aus Goethes Korrespondenz, vor allem der vom Frühjahr 1797 mit Schiller, mit dem er sich zu dieser Zeit intensiv über gattungspoetische Fragen der »epischen und dramatischen Poesie« austauscht. Im Hin und Her der Argumentation wird der Plan zerredet, und Goethe verzichtet auf seine Ausarbeitung. Der Stoff ruht nun fast dreißig Jahre – bis Goethe bei Herausgabe seines Briefwechsels mit Schiller wieder darauf stößt und sich erneut davon ergreifen lässt. Er weiß noch, dass er damals nach seiner Art ein »Schema« angelegt hat, in dem die einzelnen Stationen der Handlung verzeichnet waren. Da sich dieses Schema zunächst nicht findet (heute ist es verschollen), legt er eine ganze Reihe neuer Schemata an, die erhalten sind.

Die erste dieser Handlungsskizzen stammt vom 4. Oktober 1826 und ist mit lediglich zwölf Stationen noch knapp gefasst. Doch noch am selben Tag entsteht ein Entwurf mit 60 nummerierten Gliederungspunkten, der am 8. Oktober auf 107 Punkte erweitert wird. Dieses letzte Schema, das hier im Anhang mit Verweisen auf die entsprechenden Stellen im Haupttext wiedergegeben ist, bildet die Arbeitsgrundlage Goethes bei der Formulierung der Erzählung, wobei er für einzelne Passagen weitere Unterschematisierungen anfertigt.[1] Die von Eckermann überlieferte Formulierung, nach der der »Gang dieser Novelle« einem »grünen Gewächs« vergleichbar sei, »das eine Weile aus einem starken Stengel kräftige grüne Blätter nach den Seiten austreibt und zuletzt mit einer Blume endet« (63)[2], mag also ihre eigentliche Wurzel in Goethes morphologisch geprägtem Denken haben und durch die gleichsam organische Technik, den Textverlauf aus immer detaillierteren Schemata heraus zu entfalten, inspiriert sein. Dies ist zu bedenken, wenn man in Eckermanns Wiedergabe von

---

1 Man kann diese Texte nachlesen und den Entstehungsprozess verfolgen in der »historisch-kritischen Ausgabe« von Goethes *Erzählungen*, bearbeitet von Helmut Praschek (»Akademie-Ausgabe«). Band 1 (Berlin 1971) enthält den *Text* von Goethes Arbeitshandschrift und der Druckvorlage im Paralleldruck, Band 2 (Berlin 1975) dokumentiert *Überlieferung, Varianten und Paralipomena.*

2 Die Seitenangaben im Text beziehen sich auf die vorliegende Ausgabe.

Goethes Selbstinterpretation, die nach wie vor den Hintergrund für viele Deutungen der *Novelle* bildet, im Folgenden liest: »Zu zeigen, wie das Unbändige, Unüberwindliche oft besser durch Liebe und Frömmigkeit als durch Gewalt bezwungen werde, war die Aufgabe dieser Novelle, und dieses schöne Ziel, welches sich im Kinde und Löwen darstellt, reizte mich zur Ausführung. Dies ist das Ideelle, dies die Blume. Und das grüne Blätterwerk der durchaus realen Exposition ist nur dieserwegen da und nur dieserwegen etwas wert.« (63)

In der Tat steht diese Darstellung im Widerspruch zu der Harmlosigkeit des Löwen, dessen »ohrzerreißendes Gebrülle« (22) bei der Fütterung um der »größeren Wirkung« (69) willen, wie Eckermann unwidersprochen feststellt, nachträglich in den Text eingefügt wird. Der »Zweifel«, den Eckermann nach der ersten Lektüre im Blick auf die Figurenverteilung und damit implizit die Ausgewogenheit der Teile zueinander »im Herzen« hat (62), ist vielleicht doch nicht ganz unbegründet: Um in dem goetheschen Bild zu bleiben: Wäre, wenn das Schlussbild wirklich das »Ziel«, die »Blume« des Textes wäre, das »Reelle« nicht doch etwas zu sehr ins Kraut geschossen? Anders gesagt: Würde das Gesetz der erzählerischen Ökonomie, zu dessen Gültigkeit sich Goethe durch den Titel bekennt, nicht auf eklatante Weise verletzt? Wenn man aber von der Goethe-Eckermann'schen Interpretation abrückt und den Text nicht, wie dies häufig der Fall war, für misslungen hält, stellt sich die Frage, worin sein novellistischer Kern stattdessen besteht. Was wird in Goethes *Novelle* eigentlich *erzählt*?

Auch wenn Goethe nach einer ebenfalls von Eckermann überlieferten Aussage die »Handlung und den Gang der Entwickelung« gegenüber dem Plan von 1797 »unverändert« (58) gelassen hat und er in seinen Aufzeichnungen »Jagd« in verschiedenen Zusammensetzungen weiterhin als Arbeitstitel beibehält, tritt die Jagd selbst in dem ausgeführten Text doch sonderbar in den Hintergrund. Nach dem ursprünglichen Plan hätte die Jagdgesellschaft statt der Schweine eben die infolge des Brandes freigesetzten Raubkatzen »gejagt«. In der *Novelle* hingegen müssen gerade jene Figuren den »Kampf« mit dem Tiger bestehen, die von der Jagdpartie gegen ihre Neigung ausgeschlossen sind, während die eigentliche Jagdgesellschaft für den Gang der Handlung nahezu bedeutungslos ist. Und an dem Verfahren, mit dem die von dem Löwen ausgehende Gefahr zu guter Letzt entschärft wird, hat keiner der bisherigen Handlungsträger Anteil, da diese zu diesem Zeitpunkt den Raum der Erzählung bereits verlassen haben.

Worum also geht es? Der Fürst eines nicht näher lokalisierten Fürstentums lässt seine junge, ihm erst kürzlich angetraute Frau mit seinem Onkel und einem jugendlichen Adligen als »Stall- und Hofjunker« zurück, um den Tag mit einer wegen »zudringender Gegenstände« (14) lang verschobenen Jagd zu verbringen. Die drei unternehmen ihrerseits einen Ausritt, und zwar zu der nur noch als Ruine erhaltenen alten Stammburg des Fürsten. Auf dem Weg dorthin bemerken sie von einer Anhöhe aus in der Stadt, die sie gerade durchquert haben, den Ausbruch eines Brandes. Der Onkel wird von der Fürstin zurückgeschickt, um die Organisation der Brandbekämpfung in die Hand zu nehmen. Unterdessen hat sich ein Tiger, der den Tumult zum Ausbruch genutzt hat, auf der Anhöhe eingefunden. Der Junker erlegt ihn, nachdem er zunächst fehlgeschossen und damit, wie sich später zeigt, die Fürstin überhaupt erst in Gefahr gebracht hat. Es kommt zu einer kurzen Aussprache zwischen Honorio und der Fürstin, die eine gegenseitige Zuneigung erahnen lässt. Eine Schaustellerfamilie mit Kind, deren Lebensgrundlage der Tiger gebildet hat, trifft ein. Auch ein Löwe sei entwichen. Es bedürfe allerdings keiner weiteren Maßnahmen, da der Löwe, wie auch der ohne Grund getötete Tiger, harmlos sei. Nach einer Rede des Vaters und einem Lied des Kindes gesteht der Fürst, der, alarmiert durch die Brandwolke, mit seiner Gesellschaft ebenfalls am Ort des Geschehens eingetroffen ist, den Schaustellern zu, den Löwen auf ihre Weise einzufangen, und lässt lediglich für den Notfall Vorkehrungen treffen. Die Jagdgesellschaft und die Fürstin reiten nach Hause, der Junker versieht seinen Dienst bei der Bewachung eines Hohlwegs, durch den der Löwe kommen muss, wenn er aus der Burg, wohin er sich verzogen hat, fliehen will. Dies geschieht jedoch nicht; als einziger betritt der Sohn der Schausteller den Innenraum der Ruine und bringt, während er eine verletzte Tatze des Löwen verbindet, erneut sein Lied zum Vortrag.

Die Klarheit der Handlung, die sich mit einigen Ergänzungen auch aus dem großen Schema herleiten lässt, täuscht darüber hinweg, dass die Behandlung der Figuren dem erzählerischen Genre nicht gerade entgegenkommt.[3] Keine der auftretenden Personen nämlich dominiert das Geschehen oder die Perspektive der Beschreibung in einer Weise, dass man sie als Hauptfigur bezeichnen könnte; von keiner Figur kann man behaupten, dass es *ihre* Geschichte sei, die erzählt wird. Man sieht das schon daran, dass die Figuren, die im Text mit der größten Gründlichkeit gezeichnet sind und als einzige Namen tragen, der Onkel nämlich und der Stalljunker, durch die Zusammenfassung zu Nebenfiguren degradiert werden. Desgleichen wird der Brand zum bloßen Auslöser für den Ausbruch der Tiere, und die vertrackte Art und Weise, wie im ersten Teil der *Novelle*

3 Und das trotz der berühmten Äußerung gegenüber Eckermann vom 29. Januar 1827, wo Goethe versucht, den Begriff der »Novelle« von dem der »Erzählung« zu unterscheiden (68). Aber Novellen, auch solche im goetheschen Sinn, *sind* Erzählungen. Goethes Anliegen an dieser Stelle ist es wohl auch weniger, eine präzise Begriffsbestimmung von »Novelle« zu geben, als sich von zeitgenössischen »Novellisten« abzugrenzen.

zunächst die Erinnerung des Onkels an einen anderen Brand unterdrückt wird und schließlich doch – und zwar in der Vorstellungswelt der Fürstin – hervorbricht, bleibt völlig außer Betracht. Und schließlich entspricht auch die »Handlung«, die in der Zusammenfassung skizzierbar ist, keineswegs der aristotelischen Forderung nach Anfang, Mitte und Ende: Dazu bedürfte es nämlich einer durch Figuren gewährleisteten Einheit der Handlung, einer »Intrige«. Im Gegenteil ist es aber so, dass Goethe sein Personal systematisch nach und nach aus dem Text verabschiedet, ohne dass der mit ihnen verbundene Erzählstrang zu einem Ende gebracht oder in eine wie auch immer geartete Haupthandlung einmünden würde: Zuerst verschwindet der Onkel, aber man erfährt nicht, wie es ihm in der Stadt ergeht; Jagdgefolge und Fürstin machen sich auf den Heimweg, bevor die Sache mit dem Löwen geklärt ist; der Stalljunker ist durch seine sich als überflüssig erweisende Wache von dem »Schauspiel«, das in der »Arena« (43) der Burgruine von dem Knaben mit dem Löwen gegeben wird, ausgeschlossen; und wenn dieses dann wirklich der Zielpunkt des Textes ist, warum darf man daran als Leser nur mit den Augen der unprofiliertesten Nebenfiguren, der Mutter des Kindes und des Burgwärters, teilnehmen, die von einem hoch im Gemäuer gelegenen Versteck aus zusehen?

Wer hierin keinen Kompositionsfehler sehen will, sich andererseits aber auch nicht mit der durch den ekkermannschen Filter gegangenen Entgegnung Goethes zufrieden gibt, in deren Folge es Eckermann »wie Schuppen vom Auge« fällt und sich »eine Ahndung von der Trefflichkeit dieser wunderbaren Komposition [...] zu regen« beginnt (63), kommt nicht umhin, das »Wunderbare« dieser Komposition nicht nur zu behaupten, sondern in ihrer scheinbaren Fehlerhaftigkeit selbst zu suchen und zu beschreiben. Denn Goethes Rechtfertigung, dass »Dinge, die man voraus sieht«, »nicht gesagt und ausgeführt werden müssen« (62), ist zwar richtig (und von großer Selbstverständlichkeit), und sicher stimmt es, dass der Text »prosaisch«, will sagen: pedantisch geworden wäre, hätte Goethe den Blick zurück in die Stadt schweifen lassen. Goethes Erwiderung geht an dem »Zweifel«, den man wie Eckermann »im Herzen« tragen mag, jedoch vorbei, da durch eine größere »Breite« des Endes der Text seiner Rätselhaftigkeit oder des »Wunderbaren« beraubt worden wäre, ohne dass dadurch eine novellistische Intrige, die das Bedürfnis nach Schürzung und Auflösung eines Handlungsknotens befriedigen würde, entstanden wäre.

Doch selbst unter der Voraussetzung, dass das »schöne Ziel« der *Novelle* ausschließlich in der »lyrischen« (vgl. den letzten Punkt des Schemas) Schlusspartie zur Darstellung gelangt, zielen viele Motive nicht nur ins Leere, sondern unterlaufen deren bloß affirmative Ausdeutung im Sinne der Eckermann-Version von Goethes Selbstinterpretation geradewegs. Hierzu zählt die Tatsache, dass der Löwe ja bereits zahm ist und dass Goethe die

Schlussszene ganz offen als »Schauspiel« in einer »Arena« bezeichnet, was durch das Verhalten der Mutter und bei genauerem Hinsehen auch des Kindes bestätigt wird. Eine Funktion für die *Handlung* hat das Lied des Kindes lediglich bei seiner ersten Intonation, als es die Aufgeregtheit der *Menschen* zu mildern und ihre Empfänglichkeit für den Gedanken eines friedlichen Umgangs mit dem Löwen zu wecken gilt. Der zweite Vortrag ist nur scheinbar an den Löwen, in Wirklichkeit aber an ein imaginäres Publikum gerichtet, das »vielleicht angewohnter Weise« (44) durch Applaus anzuspornen die Mutter gerade noch durch den Burgwärter gehindert wird. Und wenn jenes Lied tatsächlich die lyrische »Blume« des Textes ist, warum fehlen dann bereits bei der ersten Gelegenheit jene beiden Figuren, die allein von Goethe mit einem Namen versehen werden? Die beiden Begleiter der Fürstin, der alte Friedrich und der junge Honorio sind, bis auf einen in der Tat nebensächlichen Reitknecht, der Friedrich zurück in die Stadt begleitet, die einzigen Figuren, die das Lied des Knaben weder in der ersten noch in der zweiten Fassung zu hören bekommen. Könnte es sein, dass gerade ihr *Ausgeschlossensein* von dem eigentlichen Wunder, ihre *Exklusivität* im Wortsinn, sie zu den heimlichen Hauptfiguren des Textes macht?

Die Fülle dieser scheinbaren Ungereimtheiten legt die Anwendung des Dupinschen Prinzips nahe, nach dem ein »Rätsel aus ebendem Grunde als unlösbar angesehen wird, der vielmehr Anlaß geben sollte, es für leicht lösbar zu halten«[4]: Allzu deutlich passen diese Widersprüchlichkeiten ihrerseits zusammen, um in ihnen kein poetisches Kalkül wirken zu sehen und zu der Vermutung zu kommen, dass in Goethes Auskunft, wie sie Eckermann überliefert, nicht die ganze Wahrheit liegt. An einer Stelle aber sagt Goethe über seine Konzeption mehr, als ihm lieb sein mag, nämlich dort, wo ihm tatsächlich ganz offensichtlich ein Fehler unterläuft. Schlüpfen wir also, bewaffnet mit dem Sezierbesteck der Philologie, für einen Moment in die Rolle von Poes Meisterdetektiv.

II

Jener Fehler besteht darin, dass Fürst Oheim Friedrich in kurzem Abstand zweimal mit seinem Namen eingeführt wird. Zum ersten Mal fällt der Name, zusammen mit demjenigen Honorios, beim Abschied des Fürstenpaares:

»Scheidend versäumte der Gemahl nicht einen Spazierritt vorzuschlagen, den sie im Geleit Friedrichs des

4 Edgar Allan Poe, *Die Morde in der Rue Morgue* (übersetzt von Barbara Cramer-Nauhaus), in: ders., *Sämtliche Erzählungen in vier Bänden*, hg. von Günter Gentsch, 2. Band: *Die Morde in der Rue Morgue und andere Erzählungen*, Frankfurt am Main und Leipzig 1993, S. 30.

Fürstlichen Oheims unternehmen sollte; auch lasse ich, sagte er, dir unsern Honorio, als Stall- und Hofjunker, der für alles sorgen wird; und in Gefolg dieser Worte gab er im Hinabsteigen einem wohlgebildeten jungen Mann die nötigen Aufträge [...].« (14)

Eine Druckseite später allerdings wird Fürst Oheim Friedrich nicht einfach als solcher benannt, sondern umständlich noch einmal vorgestellt:

»Fürst Oheim, Friedrich mit Namen, trat sodann, angemeldet, mit seinem Zeichner herein [...].« (16)

Bei Honorio hingegen, der erst sehr viel später wieder in Erscheinung tritt, heißt es dann ganz selbstverständlich:

»Honorio trat ein und meldete die Pferde seien vorgeführt [...].« (19)

Um zu verstehen, wie dem Routinier Goethe ein solcher Schnitzer unterlaufen konnte, müssen wir uns die Entstehungsgeschichte des Textes vergegenwärtigen. Denn auffällig ist nicht nur, dass dieser Fehler seinen Weg bis in die Ausgabe letzter Hand[5] gefunden hat, sondern dass er von Goethe überhaupt erst bei einem letzten Durchgang in den Text hineinredigiert wurde.

---

5 *Goethe's Werke. Vollständige Ausgabe letzter Hand.* Band 15, Stuttgart und Tübingen 1828; zugleich Erstdruck und damit die einzige außerhalb eines größeren Werkzusammenhangs von Goethe publizierte Erzählung.

Der Vorgang ist folgendermaßen zu rekonstruieren[6]: Der Entschluss, den Onkel mit einem Namen zu versehen, fällt in die letzte Überarbeitungsphase des Textes. In der ersten durcherzählten, von dem Schreiber John angefertigten Manuskriptfassung des Textes wird das »Geleit des fürstlichen Oheims« durch einen Zusatz von Goethes Hand zum »Geleit Friedrichs des Fürstlichen Oheims« ergänzt. Weiter unten wird korrekt fortgefahren: »Fürst Oheim Friedrich trat sodann angemeldet mit seinem Zeichner herein.« Bei einem weiteren Durchgang durch den Text ist Goethe offenbar die weiter oben bereits vorgenommene Ergänzung nicht mehr präsent, und er versieht die zweite Nennung von Friedrichs Namen mit jenem überflüssigen Zusatz: »Fürst Oheim, Friedrich mit Namen, trat sodann, angemeldet, mit seinem Zeichner herein.« Doch die Revision des Textes geht über einen mechanischen Vorgang, wie er in dieser störenden Wiederholung zutage tritt, hinaus. Im Zusammenhang mit der Benennung Friedrichs steht nämlich die Umbenennung des Junkers, der in dem letzten Schema noch Alfred heißt und der in demselben Arbeitsschritt zu Honorio umgetauft wird.

Zunächst charakterisieren die beiden Namen ihre Träger in genau entgegengesetzter Weise. Friedrich, An-

6 Anhand der in Anmerkung 1 genannten historisch-kritischen Ausgabe lassen sich die im Folgenden beschriebenen Schritte nachvollziehen.

gehöriger der älteren Generation, hat sich ganz einer friedliebenden, kontemplativen Lebensweise verschrieben; an einem »Kriegszug« gegen die »friedlichen Bewohner« (14) der Wälder teilzunehmen, läge ihm wohl fern. Honorio hingegen ist jung; als einer, dem es auf »Honor«, »Ehre«, ankommt, hat er sich beim »Lanzen- und Ringelspiel« (s)einen Namen gemacht und träumt angesichts des getöteten Tigers von Zeiten, als die »Waffen erschlagener Feinde« als »Triumphzeichen« »vor dem Sieger« hergetragen wurden (31). Beide treffen sich allerdings in ihrer Zuneigung für die Fürstin und in ihrer Abneigung gegen den geplanten Ausritt. Friedrich wäre das vertiefte Studium der Zeichnungen offenbar lieber als die nicht ganz unbeschwerliche Besichtigung des realen Gegenstücks, Honorio hätte viel lieber seine Talente bei der Jagd unter Beweis gestellt. Allein die Nähe der Fürstin, die ebenfalls lieber mit von der Jagdpartie gewesen wäre, söhnt sie mit dem erzwungenen Tagesplan aus, »denn wer wäre nicht gern an ihrer Seite geritten, wer wäre ihr nicht gern gefolgt« (21).

Man darf annehmen, dass Honorio von einer unerfüllten, aber insgeheim erwiderten Liebe zu der Fürstin durchdrungen ist, die durch sein heldisches Betragen, das sich im Nachhinein als Fehlverhalten entpuppt, eine Läuterung durch Entsagung erfährt: Wenn sich Honorio die Situation nach der Erlegung des Tigers und die Abwesenheit Friedrichs zunutze macht, um sich »Urlaub und Vergünstigung einer weitern Reise« zu erbitten, weiß Honorio in diesem Moment noch nicht, dass die eigentliche Prüfung, die ihn als »zum selbständigen Edelmann herangereift« (32) erweisen wird, noch bevorsteht, denn gerade in dem Moment, als ihm die Fürstin jenen vorläufigen, der Bestätigung durch den »Gemahl« noch bedürfenden »Reisepaß« seiner »Tat« ausstellt, taucht die »Meisterin und Wärterin dieses dahingestreckten Geschöpfes« mit ihrem Kind auf, die zunächst durch die ungefilterte Trauer über den Tod des Tigers, dann durch einen »Strom von Worten« die Handlungsweise Honorios in Frage stellt: Hat er doch, dessen Kugel »in der Reitbahn [...] im Vorbeisprengen den Türkenkopf auf dem Pfahl, gerade unter dem Turban in die Stirne« (30) zu treffen pflegt[7], in der Wirklichkeit zunächst versagt und mit seinem Fehlschuss den Tiger überhaupt erst auf die Fürstin gehetzt und seine »Ermordung«, wie sich die Frau in ihrer zwischen Mensch und Tier nicht unterscheidenden Sprache ausdrückt, zur Notwendigkeit gemacht. Nicht in der vermeintlichen Rettung der Fürstin vor dem Tiger, sondern erst in der Unterlassenshandlung gegenüber dem Löwen gewinnt er die Reife, die ihm die Fürstin bereits zu früh zugesprochen hat. Honorios Name steht für eine Lebenshaltung, die es zu überwin-

---

7 Dass Goethe solche anachronistischen »Künste« in ihrer Geschmacklosigkeit anprangert, wenn gleich darauf jener »schwarzaugige, schwarzlockige Knabe« (32) auftaucht, liegt auf der Hand.

den gilt – nichts anderes besagt jener Zuruf der Schaustellerin: »eile nur, säume nicht, du wirst überwinden. Aber zuerst überwinde dich selbst« (42), d. h.: Überwinde den Honorio, den Ehr-Geizigen in dir, indem du auf Gewaltanwendung gegenüber dem Löwen verzichtest und Verantwortung übernimmst, indem du sie abgibst.

Zur Profilierung der Alfred-Figur hätte es eines Namens für den Onkel allerdings nicht bedurft. Die Bearbeitungstendenz insgesamt, die Goethe bei der Umsetzung des Schemas und der Redaktion der ersten Textfassung geleitet hat, legt nahe, dass es ihm auch um den Onkel selbst ging und darum, zwei komplementäre Lebenshaltungen mit ihren positiven Seiten und ihren Defiziten einander gegenüberzustellen. Wenn aber Friedrich und Honorio so etwas wie das Doppelzentrum der Novelle bilden, warum, noch einmal sei die Frage gestellt, endet die Geschichte dann nicht mit ihnen, warum wird dann der erste, bis auf eine scheinbar beiläufige Erwähnung durch den Wärtel, noch vor dem dramatischen Höhepunkt nach genau der Hälfte des Textes und gerade einmal in der Mitte der erzählten Zeit aus dem Text verabschiedet?

Auch hier kommen wir nur weiter, wenn wir den Ausschluss der beiden vom Fortgang der Handlung nicht einfach hinnehmen, sondern als sinntragend zu beschreiben versuchen. Die Existenz des Schemas gibt uns ein Kriterium an die Hand, um zu ermessen, ob dieser Versuch gelingt: Wenn die Profilierung der beiden Begleiter der Fürstin und die hierzu scheinbar im Widerspruch stehende Entfernung des einen aus dem Text mit der Gesamttendenz der Umsetzung des Schemas übereinstimmen, dürfen wir annehmen, dass wir mit unseren Vermutungen Recht haben.

Zu den Motiven, die im Schema noch nicht angelegt sind, gehören das Teleskop im Neuen Schloss und das Fernglas Honorios, das dieser im Freien ebenso »gewohnheitsmäßig« (vgl. 25) mitzuführen pflegt wie Friedrich im Hause »seinen« (16) Zeichner. Die Einführung des Teleskops ist die erste Stelle, an der Goethe in nennenswerter Weise von seinem Schema abweicht: Die »Reit=Toilette« (Punkt 7) wird ersetzt durch die durchaus ironische Passage, in der die Fürstin mit einem offenbar fest installierten Fernrohr einen letzten Blick auf die Jagdgesellschaft werfen will. Dabei macht sie sich die Asymmetrie der Blickverhältnisse nicht bewusst und erliegt der »Klarheit und Vergrößerungsfähigkeit des Instrumentes«. Reflexartig zückt sie ihr »Schnupftuch«, um dem Gatten noch einmal zuzuwinken, »als sie ein augenblickliches Stillhalten und Rückblicken mehr vermutete als gewahr ward.« (15) Die Fürstin bedenkt ferner nicht, dass das technische Hilfsmittel sie von vornherein auf einen bestimmten Bildausschnitt festlegt und sie so der Möglichkeit benimmt, unter dem Wahrgenommenen eine Auswahl zu treffen. Der Griff nach dem Schnupftuch, der durch ihre »glänzenden Augen« eine zweite Motivation erhält, gilt daher durch die bloße Tatsache, dass sie zusammen in den Blick geraten, dem Fürsten und dem Oberstallmeister gleichermaßen. Die Rührung der Fürstin ist, mit den Worten Wilhelms in den *Wanderjahren*, eine falsche: Zur »sittlichen Wirkung« technischer »Mittel, wodurch wir unsern Sinnen zu Hülfe kommen«, »gehört eine höhere Kultur [...], deren nur vorzügliche Menschen fähig sind, ihr Inneres, Wahres mit diesem von außen herangerückten Falschen einigermaßen auszugleichen«. (86)

Mit der Teleskopszene zieht Goethe Punkt 21 des Schemas »Vielleicht die Jagd von weiten zu sehen«, der ursprünglich Punkt 20, »Lust dahin [nämlich zu der Ruine] zu reiten«, als Begründung an die Seite gestellt werden sollte, nach vorn und führt mit dem komisch missglückten zweiten Abschied ein Motiv in den Text ein, das zentral für die *Novelle* werden wird: Geht es doch sowohl bei der Bekämpfung des Brandes als auch bei der Rückführung des Löwen um die Herstellung einer Nähe, die sich in ihrem behutsamen Zugriff von Honorios unbesonnenem Zugriff gegenüber dem Tiger ebenso unterscheidet wie von seinem *unverbindlichen* und, wie wir sehen werden, über die tatsächliche Gefahr hinwegtäuschenden Gebrauch des Fernglases. Dass Goethe hier sehr bewusst und mit kompositorischem Kalkül vorgegangen ist, wird deutlich an der ebenfalls nicht schematisierten Reprise der Schnupftuchszene nach dem Lied des Kindes: Hier ist die Rührung, die »jeder in seiner Art« (40) empfindet, vom Ernst einer unmittelbaren Präsenz getragen.

Kaum zufällig ist die erste wörtlich wiedergegebene Äußerung Honorios die Meldung des Brandes, den er mit seinem Fernrohr in der Stadt erblickt hat. Doch lässt sich daraus kein Plädoyer Goethes für die Nützlichkeit derartiger Geräte herleiten. Denn erstens ist »das Unheil« auch »den guten unbewaffneten Augen der Fürstin bemerklich« (26), und auch von den »Brandwolken« (33), die die Jagdgesellschaft zur Umkehr gebracht haben, ist nicht gesagt, dass sie – trotz der größeren Entfernung – durch ein Fernglas wahrgenommen wurden. Zweitens führt der Gebrauch der »Gläser« Honorio keineswegs zu einer angemessenen Einschätzung der Situation: Während die Fürstin Friedrich bittet, »eilig« »hinein« zu reiten und dieser sich, »das Vernünftige, ja das Notwendige dieser Worte« fühlend, »so eilig als der Boden erlaubte«, auf den Weg macht, wiegelt Honorio ab: Die Fürstin solle nur »langsam« reiten; die »Feueranstalten« seien »in bester Ordnung«, bis man in der Stadt sei, werde »das Feuer schon nieder sein« (27). Die Befürchtungen der

Fürstin erweisen sich jedoch als durchaus begründet: Die Explosion, die sie – wohlgemerkt mit ihren nackten Sinnen – sieht und hört, ist jener »Pulverschlag«, der nach der Darstellung des Vaters der Schaustellerfamilie den Brand über die ganze Stadt verbreitet und zum Ausbruch der Raubkatzen geführt hat.: »Das Feuer brach aus [...], wir hielten uns still und gespannt es verbreitete sich schnell aber fern von uns, wir hatten Wasser genug zu unserer Verteidigung, aber ein Pulverschlag flog auf, und warf die Brände bis an uns heran; über uns weg; wir übereilten uns und sind nun unglückliche Leute.« (35)

Es ist anzunehmen, dass auch andernorts die »Feueranstalten« zur »Verteidigung« wider den Augenschein sich als unzureichend erweisen, vor allem aber, dass »Übereilung«, mit anderen Worten: der Ausbruch von Panik, ihre sachgemäße Anwendung verhindert. In der Beruhigung der Menge und der Organisation der Löscharbeiten darf man die Hauptaufgabe Friedrichs sehen, und Goethe wusste durchaus, was er hier ausspart, da er selbst zuweilen derartige Dienste versehen hat. Die einzige Brandschilderung in der *Novelle* jedoch betrifft nicht den gegenwärtigen Brand in der Stadt, sondern ein längst vergangenes Ereignis, mit dessen zwanghafter Vergegenwärtigung Friedrich seiner Umgebung zuweilen lästig wird und das die Fürstin, angestoßen durch die konkrete Situation, nicht umhin kann, vor ihrem inneren Auge zu reproduzieren. Bezeichnenderweise bezieht sich Friedrichs Reminiszenz aber nicht wie Goethes Schilderung der Brände in der Frankfurter Judengasse oder in Groß Brembach (74-78) auf ein tätiges Eingreifen, sondern ganz im Gegenteil scheint sich die Traumatisierung des Oheims aus der Tatsache herzuleiten, dass er dem Geschehen damals in hilfloser Kontemplation oder genauer: in panischer Lähmung gegenüberstand, während »hartnäckige Charaktere, willenstarke Menschen [...] sich grimmig dem grimmigen Feinde« widersetzten und manches »mit Verlust ihrer Augenbraunen und Haare« retteten. (28) Ob und wie sich Friedrich diesmal bewährt, können wir nur vermuten, da er zu dem Zeitpunkt, als er, wie befürchtet, tatsächlich »das Unglück zum zweitenmale [...] erleben« (26) muss, längst aus der Geschichte verschwunden ist. Während er unten seinen Dienst versieht, sehen wir aus entgegengesetzten Richtungen das Jagdgefolge und den Vater eintreffen, der kurz nach der Explosion aus der Stadt aufgebrochen ist und dessen Anwesenheit auf dem Berg somit als sicheres Indiz für Friedrichs Anwesenheit in der Stadt gelten kann. Die mittägliche Explosion, die den bis zu diesem Zeitpunkt erfolgreich unterdrückten Zwangsmechanismus in der »Einbildungskraft« der Fürstin auslöst und »alle die Schreckbilder welche des trefflichen Oheims wiederholte Erzählung von dem erlebten Jahrmarkts-Brande leider nur zu tief eingesenkt hatte« (27), vor ihrem »schönen Geiste« (28) Revue passieren lässt, synchronisiert die Abläufe in der Stadt und auf dem Berg. Ohne sein Erzählprinzip der strengen örtlichen und zeitlichen Folge zu durchbrechen, kann Goethe so, indem er auf die Einbildungskraft des Lesers baut, *miterzählen*, was sich in der Stadt ereignet. Der Verzicht auf das Aufgreifen eines Erzählfadens zu einem früheren Zeitpunkt – oder filmisch gesprochen: auf Rückblenden und Schnitte – hat seinen Grund nicht in der Vermeidung des »Prosaischen«, wie Goethe Eckermann gegenüber konstatiert, sondern er ist das erzählerische Analogon zu dem Verzicht auf optische Hilfsmittel als den trügerischen Garanten einer nicht vorhandenen Unmittelbarkeit.

Aber warum lässt Goethe die Fürstin gerade Friedrich, dessen Erzählzwang von seiner tiefen seelischen Verletzung zeugt, den Auftrag erteilen, in die Stadt zu reiten, wo er erneut diesem verletzenden Erleben ausgesetzt sein wird? Die Beantwortung dieser Frage, von der sich zeigen wird, dass sie eng mit Friedrichs früher Entfernung aus dem Text zusammenhängt, führt uns zunächst jedoch zu einer weiteren formalen Auffälligkeit der *Novelle*.

IV

Goethe selbst hat gegenüber Eckermann betont, dass es ihm in der *Novelle* »sehr auf genaue Zeichnung der Lokalität« (64) angekommen sei. In der Tat verwendet schon das Schema viel Platz auf die Abfolge der verschiedenen Szenarien, und aus der Erzählung selbst ergibt sich eine recht präzise Karte der Gegend, in der das Ganze spielt. Im Gegensatz hierzu geht die Tatsache, dass wir diese imaginäre Karte durch die über den ganzen Text verstreuten Hinweise auf Sonnenstände und Lichteinfall nicht nur mit Himmelsrichtungen versehen können, sondern auch über die Uhrzeit des jeweiligen Geschehens ziemlich genau informiert sind, keineswegs aus dem Schema hervor.

Eine weitere Besonderheit ist die schon angesprochene Einlinigkeit der Erzählung. Selbst die wenigen Ausgriffe in die Vergangenheit – zu nennen sind etwa die durch das Teleskop erblickte Szenerie des Vorabends, die ökonomischen Belehrungen der Fürstin durch ihren Gatten und eben die Reminiszenz des Oheims – finden in der erzählten Gegenwart statt, indem sie in die aktuelle Vorstellungswelt der Fürstin verlegt werden. Mit dieser Besonderheit, die den Text zu einem kühnen erzähltechnischen Experiment macht, hängt es auch zusammen, dass es schwerfällt, eine der beteiligten Personen als Hauptfigur zu benennen: Das Rückgrat der Erzählung besteht in dem durch den ersten Blick durchs Teleskop vorgezeichneten und im Tagesverlauf *von verschiedenen* Figuren zurückgelegten Weg vom Neuen Schloss über das Marktgewimmel bis ins Innere der Ruine. Die Figuren lösen einander wie in einem Staffellauf ab. Das gilt insbesondere für Friedrich, Honorio und den Knaben. Honorio gewinnt als handelnde Figur genau zu dem Zeitpunkt an Kontur, als Friedrich, der die erste Hälfte des Textes eindeutig dominiert, die Bühne der Erzählung verlassen hat. Aber auch der Junker durchbricht den Bannkreis des »Zauberschlosses« (36) nicht. Dies ist dem Knaben vorbehalten, der, in einer nochmaligen Verjüngung gewissermaßen, den Erzählbogen zum Abschluss bringt. Dass der Begriff »Zauberschloss« Friedrich zugeordnet wird, der zu dieser Zeit längst in der Stadt seine Aufgabe versieht, betont diesen Zusammenhang auch auf der Figurenebene.

Der gleichmäßige Fluss der Zeit ersetzt in gewissem Sinn die Einheit der Handlung. Der astronomische Verlauf jenes Herbsttags und die von den verschiedenen Personen zurückgelegte Wegstrecke vom neuen Schloss über die Stadt bis ins Innere der Ruine sind das Ordnungsprinzip, nach dem die Ereignisse erzählt werden. Doch dahinter steckt mehr als ein erzählerischer Trick.

Mit Sicherheit hat Goethe die Teleskopszene im Schloss auch eingeführt, um den Raum der Erzählung zu einem kompletten astronomischen Tag zu erweitern, denn die Fürstin findet am Morgen »das treffliche Teleskop noch in der Stellung wo man es gestern Abend gelassen hatte als man, über Busch, Berg und Waldgipfel die hohen Ruinen der uralten Stammburg betrachtend, sich unterhielt, die in der Abendbeleuchtung merkwürdig hervortraten« (15). Wie aus den Beleuchtungsverhältnissen hervorgeht, werden wir genau 24 Stunden später Zeugen des Löwen-»Wunders«, das innerhalb des unzugänglichen Gemäuers stattfindet. Darüber hinaus schließt für die Fürstin der Vortag, der gerade begonnen hat, gleichsam lückenlos an den Vorabend an. Indem die Fürstin das Glas senkt, um die Jagd in den Blick zu bekommen, wird gleichsam die Nacht ausgeblendet. Auch die Erzählung ihres Schwagers, die sich auf ein nächtliches Erlebnis bezieht, versucht sie von sich fern zu halten, aber wie wir wissen, gelingt ihr dies nur bis zu dem Punkt, als wirklich ein Brand ausbricht.

Die Nacht, oder allgemeiner gesagt: das Nächtliche wird so, und zwar gerade dadurch, dass es *nicht* in den Ablauf der konkret erzählten Ereignisse integriert ist, zu deren Kontrapunkt. Goethes Kunst besteht darin, dass er das nicht ausspricht, sondern geschehen und seine Figuren erleben lässt, und zwar mit besonderer Intensität exakt zur Mittagszeit, zeilengenau am Scheitelpunkt des Textes: »Über die große Weite lag eine heitere Stille, wie es am Mittag zu sein pflegt, wo die Alten sagten, der Pan schlafe, und alle Natur halte den Atem an, um ihn nicht aufzuwecken.« (26) Und wenige Augenblicke später entdeckt Honorio den Brand, bemerkt die Fürstin die Explosion, die zum Ausbruch der Raubkatzen und zur »Übereilung« ihrer Besitzer führt.

Dass die »Panik« in der Stadt just zur Panstunde eintritt, ist nicht einfach eine mythologische Anspielung, um den gebildeten Leser zu erfreuen. Pan steht für Goethe nach einer verbreiteten, wenn auch falschen Etymologie für das »All der Welt« (91), das das Angenehme ebenso umfasst wie das Widerwärtige, Gefährliche. Letzteres wird genau dann zu einer Bedrohung, wenn die »Ehrfurcht« in Respektlosigkeit umschlägt, wie sie Honorio in seinem Umgang mit dem Tiger und seiner Fehleinschätzung der Situation in der Stadt an den Tag legt, oder aber in Furcht, die ein angemessenes Reagieren verhindert.[8] Es ist charakteristisch für Goethes klare Psychologie, dass er die Angst-Lust, die durch die an den Schaubuden angebrachten Kolossalgemälde geweckt wird, ausgerechnet Friedrich einer Kritik unterziehen lässt: Durch die Erfahrung jenes nächtlichen Brandes ist ihm die Angst so sehr zur ständigen Begleiterin geworden, dass er fortan die klaustrophobische Enge dichter Menschenansammlungen zu meiden sucht, die ihn an jenes Ereignis, das sich ihm »gleichsam in die Augen eingebrannt« hat (20), erinnern. Indem er den Wunsch der Fürstin, auf dem Rückweg bei den Buden Halt zu machen, um »die seltenen Gäste näher [zu] betrachten«, mit der Bemerkung pariert: »Die guten Menschen wollen eingeschüchtert sein, um hinterdrein erst recht zu fühlen wie schön und löblich es sei frei Atem zu holen« (23), reagiert er indirekt auf die verärgerte Art, mit der ihm die Fürstin zuvor das Wort abgeschnitten und ihren Wunsch, über den Markt zu reiten, durchge-

8 Eine furchtlose Ehrfurcht für das Hohe wie für das Niedrige ist das Erziehungsziel in der »pädagogischen Provinz« der *Wanderjahre*.

setzt hat. Freilich, auch der Füstin wird der Atem stocken, was man allerdings erst danach erfährt: »Es tat ihr wohl die jugendliche Brust von dem Druck erleichtert zu fühlen mit dem die vorhergehenden Minuten sie belastet hatten.« (40)

Hierzu bedarf es allerdings einer Stille, die sich nicht dem angehaltenen Atem, sondern seinem freien, geformten Fluss verdankt: dem Spiel des Knaben auf seiner Flöte nämlich, die ja ebenfalls ein Attribut des Hirtengottes ist. Wenn man beide Szenen nebeneinander stellt, die mittägliche, *bevor* Pan erwacht, und die abendliche, *nachdem* die Musik die Gemüter beruhigt hat, wird Goethes kompositorische Absicht (die wiederum nicht in dem Schema angelegt ist) deutlich:

> »Über die große Weite lag eine heitere Stille, wie es am Mittag zu sein pflegt, wo die Alten sagten, der Pan schlafe, und alle Natur halte den Atem an, um ihn nicht aufzuwecken.« (26)

Und nach der Musik, die den »Druck« von der Brust der Fürstin nimmt, heißt es:

> »Eine vollkommene Stille beherrschte die Menge, man schien die Gefahren vergessen zu haben, unten den Brand und von oben das Erstehen eines bedenklich ruhenden Löwen.« (40)

Die zentrale Bedeutung des Atemsymbols für Goethe als »ewiger Formel des Lebens« (88) ist an dieser Stelle mitzudenken, auch und gerade wenn Pan in seiner All-Natur dem »Panischen«, das den Atemfluss unterbricht, entgegengesetzt zu sein scheint. Auch das Widerwärtige, »Bängliche« (vgl. 29), Entsetzliche ist Teil der Natur, und nur durch seine allerdings nicht panische, sondern tätige Integration verliert es seinen lähmenden Schrecken. Der Automatismus, mit dem Friedrich jenes nächtliche Branderlebnis vor jedem ausbreitet, der es hören will oder auch nicht – die Fürstin, die ja erst seit Kurzem dem Hofe angehört, hat er »schon einigemal mit ausführlicher Beschreibung jenes Unheils geängstigt« (20) –, ist nur dadurch zu durchbrechen, dass Friedrich »das Unglück« nicht mechanisch wiederholt, sondern tatsächlich erneut »erlebt«. Goethe unterzieht seine Figuren gewissermaßen einer Therapie, die jener analog ist, mit der er sich in seiner Straßburger Zeit seine Höhenangst und seinen Abscheu vor ekelerregenden Gegenständen abgewöhnt (vgl. 70-72): Er setzt sie derartigen Situationen absichtlich aus. Gegen seine »Neigung« muss ausgerechnet der »würdige« Friedrich seine Panik bekämpfen, während der unter dem Zeichen der »Ehre« stehende Honorio sich in der Zurückdrängung seines Handlungsimpulses üben muss.

»Nur diejenige Erzählung«, heißt es in den *Unterhaltungen deutscher Ausgewanderten*, »verdient moralisch genannt zu werden, die uns zeigt, daß der Mensch in sich eine Kraft habe, aus Überzeugung eines Bessern, selbst gegen seine Neigung, zu handeln«, woraus folgt, dass »keine Neigung an sich gut [ist], sondern nur in so fern sie etwas gutes wirkt.« (80) Dieser Zusammenhang ist das

»Ideelle«, das vor dem »realen« Hintergrund des wirklichen Brandes verblasst wäre. Dennoch bleibt die Katastrophe auch im zweiten Teil der *Novelle* präsent. Denn während Friedrich in der Stadt mit den Flammen kämpft, steht Honorio das Feuer in der Form seiner »Doppelbüchse« (41) und des Reisighaufens, der dem Löwen den Fluchtweg versperren soll, der Möglichkeit nach zur Verfügung. Friedrich muss löschen, Honorio darf nicht entzünden. Die Pointe dieser Konstellation wird nur dann deutlich, wenn man die Gleichzeitigkeit beider Situationen, mit der die strenge Diachronie des wirklich Erzählten konterkariert wird, im Blick behält.

V

Die Ambivalenz von Lebenshaltungen, Temperamenten oder, mit dem goetheschen Begriff, Neigungen, die eine spezifische Nähe oder Ferne zur Welt, eine bestimmte Intensität und Art des Zugriffs auf sie privilegieren, prägt bis ins Detail den Aufbau der *Novelle*, oder richtiger: Dieser ist ein Mittel, solche Ambivalenzen im Sinne einer »moralischen Erzählung« zum Ausdruck zu bringen.

Die hervorstechenden Strukturmerkmale der *Novelle* sind die modifizierende Wiederholung und die asymmetrische Verdoppelung. Das betrifft die Großstruktur der Handlungsführung ebenso wie zahlreiche kleinere

Einzelszenen. Die Vorbereitung des Schlussidylls im Blick der Fürstin durch das Teleskop etwa wurde bereits angesprochen, ebenfalls die Reprise der anschließenden Schnupftuchszene nach überstandener Gefahr. Von tragender Bedeutung für den Text sind die Verdoppelung der Begleiterfigur der Fürstin und die gegensätzlichen »Jagden« auf die beiden Raubkatzen. Das Getümmel vor dem Aufbruch der Jagd wird gespiegelt im »Marktgewimmel« beim Ritt durch die Stadt, die Massenszenen insgesamt wiederum werden Momenten der Stille gegenübergestellt, die die versteckten Zentren des Textes bilden: Zuerst die vor-panische Mittagsstimmung nach dem Aufstieg zu jenem durch einen vorstehenden Felsen gebildeten »Flächenraum« (25), dann das nach-panische Verstummen aller nach der Musik des Kindes und ein drittes Mal, wovon bisher nicht die Rede war, beim Verschwinden des Kindes im Gemäuer, wo unsichtbar und ohne jede Möglichkeit eines Eingriffs von außen die eigentliche »Bändigung« des Löwen stattfindet, bevor er nach allen Regeln einer auf äußere Wirkung bedachten Kunst ins Innere der Ruine geführt wird. Die erste und die dritte dieser Szenen wiederum sind, die mittlere so einrahmend, dadurch aufeinander bezogen, dass sie einer Krise vorausgehen, deren Lösung in genau entgegengesetzter Weise befördert wird, und zwar gegen die persönliche Neigung der jeweils verantwortlichen Figuren: im ersten Fall durch das tätige Eingreifen Friedrichs, im zweiten durch die überlegte Zurückhaltung Honorios, die im Bild des Knaben mit dem Löwen Anschaulichkeit gewinnt.

Ein weiteres Indiz bindet beide Szenen aneinander: Der Weg von der »Zweiten Höhe« (Punkt 51) zu dem »Flächenraum«, von wo aus Honorio den Brand erblickt, und der kurze Weg des Knaben innerhalb des Gemäuers sind die einzigen Stücke der Strecke vom neuen Schloss bis ins Innere der Ruine des alten, die der Beschreibung entzogen sind: Dass die Kletterpartie zu dem »Flächenraum« stattgefunden hat, erfahren wir erst im Nachhinein, nämlich als es heißt, dass »sie, herabgekommen, den Pferden wieder zugingen« (26). Und jene »ahnungsvolle Pause«, während welcher der Knabe jeglicher Wahrnehmung entzogen ist, wird im Erleben des Wärtels plastisch, den, da er seine Untätigkeit kaum erträgt, der »seltene menschliche Fall« »beengt« und der »lieber persönlich dem gefährlichen Tiere entgegen ginge« (43). Durch die Aussparung eines Wegstücks werden die im Anschluss beschriebenen Szenerien entrückt: Der »heitere morgendliche Gesichtskreis« bekommt einen »wunderbaren bänglichen Anschein« (28f.), und die Ruine wird zum »Zauberschlosse« (36), noch bevor die Pläne Friedrichs hierzu in die Tat umgesetzt sind.

Aber Goethe benutzt Wiederholungen nicht nur als erzähltechnisches Mittel, sondern er macht sie selbst zum Gegenstand seines Erzählens. Etwas überpointiert kann man sagen, dass die *Novelle* ein Text über Wiederholungen in Hinsicht auf ihre psychische Wirksamkeit ist. Das Thema klingt schon an mit der Präsentation der vor Ort angefertigten Zeichnungen der Ruine, die später, in Öl ausgeführt, den »Gartensaal zieren« (18) und zur Besichtigung ihres Gegenstandes auffordern sollen. Noch greifen die Bilder der Wirklichkeit vor; die »Nachbildung« (19), von der die Fürstin spricht, ist in der Einschätzung Friedrichs noch zu sehr Entwurf, als dass er die Wirklichkeit dem Vergleich aussetzen möchte, und die Ruine wird, aus anderen Gründen zwar, aber doch so, als ob Friedrichs Verbot noch wirksam wäre, von keiner der an Jagd und Ausritt beteiligten Personen betreten werden. Dennoch sind es die Zeichnungen, die das Ziel des Ausritts vorgeben.

Das »Schritt vor Schritt« Reiten im Marktgewimmel erlebt die Fürstin als Gelegenheit, die »gestrige Lektion« (21) ihres Gatten in puncto Wirtschaftsleben, die sie zuvor bereits vor Friedrich entfaltet hat, um ihrem Wunsch nach einem Umweg durch die Stadt Nachdruck zu verleihen, durch reale Anschauung zu »wiederholen«. Die Exegese der Zeichnungen und die Beschreibung des wirtschaftlichen Stoffwechsels erhalten ihrerseits ein Gegenstück und Korrektiv in der »enthusiastischen« Rede des Vaters. In ihr wird unter der Einwirkung der Musik die vereinzelnde Perspektive beider »Lektionen« in eine kosmische überführt, die aus dem Zustand der »Beschwichtigung« heraus besonnenes Handeln ermöglicht oder begünstigt. Ihre Wirkung entfaltet die Rede nicht zuletzt durch die Verbindung mythischer Elemente mit der gegebenen Situation. So wird der »Felsen«, der als einer der »festesten des ganzen Gebirgs« (16) auf einer von Friedrichs Zeichnungen erscheint, unter Bezugnahme auf die konkrete Umgebung der Geschehnisse in der Schilderung des Vaters nach und nach zum Flusskiesel und zum Sand auf dem Grund des Ozeans zerrieben (vgl. 37).[9]

Das produktiv weiterbildende Wiederholen, dem auch das Lied des Kindes seine »Eindringlichkeit« (vgl. 39) verdankt, ist das Modell, das Goethe einer mechanischen, am Rande des Pathologischen oder Pathogenen angesiedelten Wiederholung entgegenstellt, wie sie von den von Friedrich kritisierten »Bänkelsängern« (23), aber auch von ihm selbst praktiziert wird, wenn er, seiner eigenen Maxime zuwider handelnd, immer wieder sein Branderlebnis erzählt, seiner Angst aber, »das Unglück zum zweitenmale zu erleben«, so keineswegs Herr wird. Die Tatsache, dass die Schilderung dieses Brandes schließlich in der Erinnerung der Fürstin stattfindet, ist also nicht, wie man behauptet hat, ein Kunstgriff, um die Beschreibung eines Brandes in die Erzählung hineinzuholen, sondern sie veranschaulicht, wie ein durch me-

---

9 Man mag in dieser Umkehrung der Gebirgsentstehung ein verstecktes Plädoyer Goethes für den »Neptunismus« sehen; vgl. hierzu die einleitende Bemerkung (90) zu der Montan-Passage aus den *Wanderjahren*.

chanisches Wiederholen genährtes Angstpotential auf eine unbeteiligte Person überzuspringen vermag. Ganz im Sinne dieser Bewertung liegt es, dass durch den Verlauf der Ereignisse die von der Fürstin bei der Rückkehr gewünschte Einkehr bei den Raubkatzen verhindert wird.

An einer weiteren Stelle ist ausdrücklich von einer Wiederholung die Rede, und zwar dort, wo sich der Knabe »wie verklärt« – und mit sicherem Gespür für theatralische Wirkungen – »in den letzten Strahlen der Sonne« niederlässt und »abermals« sein »beschwichtigendes Lied« beginnt, »dessen Wiederholung wir uns auch nicht entziehen können«. (43) Das Schema sieht diese Wiederholung noch nicht vor; wiederholt im Sinne des Entstehungsprozesses wird überdies nicht diese letzte Darbietung, die von vornherein den Text beenden sollte, sondern die erste, bei der nicht der Löwe, sondern die Menschen »beschwichtigt« werden. Im Sinne der äußeren Handlung ist das letzte Lied ohne Funktion. Selbst für den Fall, dass innerhalb der Mauer tatsächlich eine »Besänftigung« stattgefunden hat – in dem Moment, als das Kind wieder sichtbar wird, ist diese vollbracht, und auch seine verletzte Tatze reicht der Löwe aus freien Stücken. Ist das Ganze also eine Farce, wie manche meinen? Dafür scheint zu sprechen, dass die Mutter »sich vor Freuden mit ausgestreckten Armen zurückbog und vielleicht angewohnter Weise Beifall gerufen und geklatscht hätte wäre sie nicht durch einen derben Faustgriff des

Wärtels erinnert worden daß die Gefahr nicht vorüber sei.« (44) Die Gewohnheit, Beifall zu klatschen, um das Publikum mitzureißen, verlässt sie auch dort nicht, wo das Publikum fehlt. Aus nichts anderem als der Gewohnheit, aus einer Serie gelungener Wiederholungen zieht sie ja die Sicherheit, dass von dem Löwen keine Gefahr für ihr Kind ausgeht. Dennoch ist es kein toter Mechanismus, der an diesem »merkwürdigsten Platz [...], dessen Gleichen in der Welt vielleicht nicht wieder zu sehen ist« (17f.) – so die Formulierung Friedrichs zu der betreffenden Zeichnung –, abläuft.

Die Sorge, die die Schausteller umtreibt, ist natürlich auch die um die ökonomische Grundlage ihrer Existenz. »Uns! uns, ganz eigentlich kam die Speise von den Fressern, und süße Labung von den Starken« (33), räsoniert die Frau. Mit dem Spiel, das sie wie die Bänkelsänger mit dem Verlangen des Publikums nach Sensationen treiben, verdienen sie schließlich ihren Lebensunterhalt; auch sie sind Teil jenes Markttreibens, das Anlass zu den wirtschaftlichen Exkursen im ersten Drittel der *Novelle* gibt. Ihr Verhalten, mit dem sie die Rettung des Löwen erwirken, folgt einer spontanen, auf die konkrete Aufführungssituation abgestimmten Choreografie. Das gilt für das Wechselspiel von Text und Flötenbegleitung, bei der sich Vater und Sohn bruchlos abwechseln, ebenso wie für die letzte Szene, wo selbst der eingetretene Dorn noch Gelegenheit zu einer zusätzlichen Pointe bietet: Passt doch das »buntseidene Halstuch«, mit dem der

Knabe die »greuliche Tatze des Untiers« (44) verbindet, nur allzu gut zu den »buntbelaubten Bäumen« (43), während sein therapeutischer Nutzen gering sein dürfte.

Anders als die Theatralik Honorios angesichts des erlegten Tigers verpufft das *Spiel* des Knaben allerdings nicht. Das Kind geht in seiner Rolle auf; indem es sich der Situation einfügt, ist es ganz es selbst. Auch Honorio wird seinem Landesherrn »auswärts Ehre« machen und insofern seinem Namen gerecht werden – aber gerade nicht durch jene Eigenschaften, die im Dialog mit der Fürstin und davor zum Tragen kommen und die Goethe mit einem leisen, aber kaum zu überhörenden Spott überzieht, sondern durch ein Wirken im Hintergrund; nicht durch Taten, sondern durch handlungsbereites Unterlassen. Dass er ohne »Triumphzeichen« aus der Affäre gehen wird, *ist* sein Triumph, und genau dies kommt in der Wiederholung und durch die Wiederholung des Liedes zum Ausdruck.

Die zweite Strophe der ersten Darbietung, die eine Zeile – vom Reimschema her gesehen ist es die erste – zu viel enthält, wird vor dem Löwen nicht wiederholt. Stattdessen bekommt die Reprise des Liedes eine neue dritte Strophe, die den gesamten Text abschließt. Der Vergleich dieser beiden Strophen zeigt, dass sie ihr jeweiliges Publikum genau im Auge haben. Der kurze Kommentar zwischen der ersten und der zweiten Strophe des ersten Liedes beschreibt die Technik und die Wirkung der Solodarbietung des Kindes, denn da in die erste und in die dritte Strophe zunächst die Mutter, dann auch der Vater einstimmen und da diese Strophen später genau wiederholt werden, ist anzunehmen, dass deren Text feststeht und der Improvisation enthoben ist. Die Wirkung der zweiten hingegen beruht einerseits auf der Auflösung der Form durch den überzähligen Vers, der zugleich eine weit gespannte Reimbrücke zwischen dem ersten und dem zweiten Strophenteil installiert. Der scheinbare Singsang verdeckt andererseits, dass die Motive der ersten Strophe auf den Zweck des Liedes hin umgedeutet werden: Aus dem »Propheten«, dem »Guten« – gemeint ist Daniel in der Löwengrube, den auch der Vater in seiner Rede erwähnt – wird das »Kind«; der Vers mit den Engeln wird variiert und verdoppelt; ihre Aufgabe ist nicht mehr, getreu der Legende, zu »laben«, sondern ihr Labsal besteht in den »Tönen«, die »Unglück nicht heran« lassen. Das Lied des Kindes wird so selbst zu jenem Engelsgesang, der sich ins Recht setzt, indem er seine besänftigende Wirkung an Ort und Stelle an den *Menschen* unter Beweis stellt.

Die Adressaten dieser zweiten Strophe sind also die Menschen; sie ist keinem Repertoire entnommen, sondern verdankt ihre Existenz der Eingebung des Augenblicks. An wen aber ist die Wiederholung des Liedes und insbesondere die neue dritte Strophe gerichtet?

Aus der Vielzahl der Engel ist jetzt ein Singular geworden, dafür ist nun von »guten Kindern« die Rede. Es liegt nahe, diesen Engel als Vater den »Kindern« an die Seite zu stellen, denn wessen »Sohn« sollte sonst weiter unten gemeint sein? Und sind bei dem Plural der Kinder nicht auch andere Figuren der *Novelle* als »Söhne« mitgedacht? So geht die dritte Strophe zwar auf die erlebte Situation ein, übersteigt diese aber gleichzeitig und öffnet den Blick zurück auf das Ganze des Textes: »Böses Wollen zu verhindern / Zu befördern schöne Tat« – ist das nicht das Konzept, das hinter der *Novelle* als »moralischer Erzählung« steht? Ist »Frömmigkeit« nicht jener »Sinn«, der die stereotype Wiederholung Neigungen und Abneigungen verpflichteter Verhaltensmuster durchbricht? Und steckt hinter »des Waldes Hochtyrannen« nicht auch Pan, der sonst, statt gebannt zu sein, die Natur insgesamt in seinen Bann schlägt? Goethe bietet keine verbindlichen Antworten auf diese Fragen. Durch die Spannung zwischen der Aufführungssituation und dem Fehlen eines Publikums und zwischen der Routine des Kindes und seiner Versunkenheit vergrößert sich das Zwiegespräch des Kindes mit dem Tier über die Textgrenze hinaus zur Ansprache an den Leser. Aber dieser erhält keinen Schlüssel, keine »annähernden Gläser«, die ihn in der Sicherheit eines wie auch immer gearteten Verstehens wiegten. Das wäre prosaisch. Die Melodie bleibt in der Schwebe.

Peter Höfle

Zu dieser Ausgabe

Alle Texte Goethes und seiner Zeitgenossen werden wiedergegeben nach der *Frankfurter Ausgabe*: Johann Wolfgang Goethe, *Sämtliche Werke. Briefe, Tagebücher und Gespräche*, Frankfurt/M. 1985 ff. Die *Novelle* und das »große Schema« finden sich dort in Band 8, in Zusammenarbeit mit Christoph Brecht hg. von Waltraud Wiethölter, Frankfurt am Main 1994, S. 531-555 und S. 1057-1060.

Die Abbildung auf Seite 11 zeigt ein Spiegelteleskop nach Gregory von Banks, London, vermutlich Ende 18. Jh.; Foto: Optisches Museum Carl Zeiss, Oberkochen.

Umschlagabbildung: Johann Georg Trautmann. Jahrmarktsszene (Ausschnitt), um 1760, Freies Deutsches Hochstift/ Frankfurter Goethe-Museum.

Goethe
im insel taschenbuch
Eine Auswahl

Briefe aus dem Elternhaus. Herausgegeben und mit drei Essays eingeleitet von Ernst Beutler. it 1850. 1068 Seiten

Dichtung und Wahrheit. Mit zeitgenössischen Illustrationen, ausgewählt von Jörn Göres. it 150. 1120 Seiten

Faust. Erster Teil. Nachwort von Jörn Göres. Mit Illustrationen von Eugène Delacroix. it 50. 273 Seiten

Faust. Zweiter Teil. Mit Federzeichnungen von Max Beckmann. Mit einem Nachwort zum Text von Jörn Göres und zu den Zeichnungen von Friedhelm Fischer. it 100. 492 Seiten

Faust. Erster und zweiter Teil. Herausgegeben und mit einem Nachwort versehen von Jörn Göres. it 2283. 760 Seiten

Faust. Urfaust / Faust. Ein Fragment / Faust. Eine Tragödie. Paralleldruck der drei Fassungen. Herausgegeben von Werner Keller. Zwei Bände. it 625. 690 Seiten

Goethe-Lesebuch. Eine repräsentative Auslese aus Werken, Briefen und Dokumenten. Herausgegeben und mit einem Nachwort von Katharina Mommsen. it 1375. 384 Seiten

Goethes Briefwechsel mit einem Kinde. Von Bettine von Arnim. Herausgegeben und eingeleitet von Waldemar Oehlke. Mit zeitgenössischen Abbildungen. it 767. 678 Seiten

NF 40/1/7.00

Goethes Gedanken über Musik. Eine Sammlung aus seinen Werken, Briefen, Gesprächen und Tagebüchern. Herausgegeben von Hedwig Walwei-Wiegelmann. Mit achtundvierzig Abbildungen, erläutert von Hartmut Schmidt.
it 800. 262 Seiten

Hermann und Dorothea. Mit Aufsätzen von August Wilhelm Schlegel, Wilhelm von Humboldt, Georg Wilhelm Friedrich Hegel und Hermann Hettner. Mit zehn Kupfern von Catel. it 225. 199 Seiten

Italienische Reise. Mit vierzig Zeichnungen des Autors. Herausgegeben und mit einem Nachwort versehen von Christoph Michel. it 175. 808 Seiten

Tagebuch der Italienischen Reise 1786. Notizen und Briefe aus Italien. Mit Skizzen und Zeichnungen des Autors. Herausgegeben und erläutert von Christoph Michel.
it 176. 402 Seiten

Die Kunst des Lebens. Aus seinen Werken, Briefen und Gesprächen zusammengestellt von Katharina Mommsen unter Mitwirkung von Elke Richter. it 2300. 180 Seiten

Leben des Benvenuto Cellini florentinischen Goldschmieds und Bildhauers. Von ihm selbst geschrieben, übersetzt und mit einem Anhange herausgegeben von Johann Wolfgang Goethe. Mit einem Nachwort von Harald Keller. Mit Abbildungen. it 525. 559 Seiten

Die Leiden des jungen Werther. Mit einem Essay von Georg Lukács. Mit einem Nachwort von Jörn Göres. Mit zeitgenössischen Illustrationen von Daniel Nikolaus Chodowiecki u.a. it 25. 231 Seiten. it 2284. 230 Seiten

NF 40/2/7.00

Lektüre für Augenblicke. Gedanken aus seinen Büchern, Briefen und Gesprächen. Auswahl und Nachwort von Gerhart Baumann. it 1750. 177 Seiten

Lieber Engel, ich bin ganz dein! Goethes schönste Briefe an Frauen. Herausgegeben von Angelika Maass. Mit zahlreichen Abbildungen. it 2150. 486 Seiten

Märchen. Der neue Paris. Die neue Melusine. Das Märchen. Herausgegeben und erläutert von Katharina Mommsen. it 2287. 232 Seiten

Der Mann von fünfzig Jahren. Mit einem Nachwort von Adolf Muschg. it 850. 114 Seiten

Maximen und Reflexionen. Text der Ausgabe von 1907 mit den Erläuterungen und der Einleitung Max Heckers. Mit einem Nachwort von Isabella Kuhn. it 200. 370 Seiten

Novelle. Herausgegeben und mit einem Nachwort versehen von Peter Höfle. it 2625. 144 Seiten

Novellen. Herausgegeben und mit einem Nachwort versehen von Katharina Mommsen. Mit Federzeichnungen von Max Liebermann. it 425. 293 Seiten

Rameaus Neffe. Ein Dialog von Denis Diderot. Übersetzt von Goethe. Zweisprachige Ausgabe. Mit Zeichnungen von Antoine Watteau und einem Nachwort von Horst Günther. it 1675. 324 Seiten

Reineke Fuchs. Mit Stahlstichen nach Zeichnungen von Wilhelm Kaulbach. it 2564. 210 Seiten

NF 40/3/7.00

Sollst mir ewig Suleika heißen. Briefwechsel mit Marianne und Johann Jakob Willemer. Herausgegeben von Hans-J. Weitz. Mit zeitgenössischen Abbildungen. it 1475. 568 Seiten

Die Wahlverwandtschaften. Ein Roman. Erläuterungen von Hans-J. Weitz. Mit einem Essay von Walter Benjamin. it 1. 333 Seiten

Wilhelm Meisters Lehrjahre. Herausgegeben von Erich Schmitt. Mit sechs Kupferstichen von Catel. it 475. 642 Seiten
it 2286. 642 Seiten

Wilhelm Meisters Wanderjahre oder die Entsagenden. Mit einem Nachwort von Adolf Muschg. it 575. 523 Seiten

Johann Wolfgang Goethe / Friedrich Schiller. Der Briefwechsel zwischen Schiller und Goethe. Herausgegeben von Emil Staiger. it 250. 1085 Seiten

Johann Wolfgang Goethe / Friedrich Schiller. Sämtliche Balladen und Romanzen in zeitlicher Folge. Herausgegeben von Karl Eibl. it 1275. 197 Seiten

Johann Wolfgang Goethe / Christiane Vulpius. Goethes Ehe in Briefen. Der Briefwechsel zwischen Goethe und Christiane Vulpius 1792-1816. Herausgegeben von Hans Gerhard Gräf. Mit zeitgenössischen Abbildungen. it 1625. 1048 Seiten

NF 40/4/7.00

Goethes lyrische Werke

Elegie von Marienbad. it 1250. 128 Seiten

Erotische Gedichte. Gedichte, Skizzen und Fragmente. Herausgegeben von Andreas Ammer. it 1225. 246 Seiten

Gedichte in Handschriften. Fünfzig Gedichte Goethes. Ausgewählt und erläutert von Karl Eibl. it 2175. 288 Seiten

Gedichte in zeitlicher Folge. Eine Lebensgeschichte Goethes in seinen Gedichten. Herausgegeben von Heinz Nicolai. it 1400. 1264 Seiten

Goethes Liebesgedichte. Herausgegeben von Hans Gerhard Gräf. Mit einem Nachwort von Emil Staiger.. it 275. 317 Seiten

Das Leben, es ist gut. Hundert Gedichte. Ausgewählt von Siegfried Unseld. it 2000. 204 Seiten

Ob ich dich liebe weiß ich nicht. Liebesgedichte. Herausgegeben von Karl Eibl. Großdruck. it 2396.164 Seiten

Römische Elegien und Venezianische Epigramme. it 1150. 85 Seiten

Verweile doch. 111 Gedichte mit Interpretationen. Herausgegeben von Marcel Reich-Ranicki. it 1775. 512 Seiten

West-östlicher Divan. Mit Essays zum »Divan« von Hugo von Hofmannsthal, Oskar Loerke und Karl Krolow. Herausgegeben und mit Erläuterungen versehen von Hans-J. Weitz. it 75. 400 Seiten

NF 40/5/7.00

Über Goethe
Darstellungen, Anthologien, Sammlungen

Der junge Goethe in seiner Zeit. In zwei Bänden und einer CD-ROM. Herausgegeben von Karl Eibl, Fotis Jannidis und Marianne Willems. it 2100. 1479 Seiten

Gespräche mit Goethe in den letzten Jahren seines Lebens. Von Johann Peter Eckermann. Herausgegeben von Fritz Bergemann. it 500. 955 Seiten

Essays um Goethe. Von Ernst Beutler. Erweiterte Frankfurter Ausgabe. Herausgegeben von Christian Beutler.
it 1575. 1008 Seiten

Bei Goethe zu Gast. Besucher in Weimar. Herausgegeben von Werner Völker. Mit zahlreichen Abbildungen.
it 1725. 172 Seiten

Goethe aus der Nähe. Berichte von Zeitgenossen. Ausgewählt und kommentiert von Eckart Kleßmann.
it 1800. 552 Seiten

Goethe. Seine äußere Erscheinung. Literarische und künstlerische Dokumente seiner Zeitgenossen. Zusammengetragen von Emil Schaeffer. Überprüft und ergänzt von Jörn Göres.
it 2275. 199 Seiten

Goethe und seine Zeitgenossen. Zwischen Annäherung und Realität. Von Ludwig Fertig. it 2525. 416 Seiten

Mit Goethe durch den Garten. Ein Abc für Gartenfreunde, aufgeblättert von Claudia Schmölders. Mit farbigen Illustrationen von Hans Traxler. it 1211. 137 Seiten

NF 40/6/7.00